El color de tus recuerdos

NEFELIBATA

Olivia Ruiz

El color de tus recuerdos

Traducción de Antonio-Prometeo Moya

Duomo ediciones
Barcelona, 2022

Título original: *La commode aux tiroirs de couleurs*

Primera edición: septiembre de 2022

Duomo ediciones es un sello de Antonio Vallardi Editore S.u.r.l.
Av. de la Riera de Cassoles, 20, 3.º B. Barcelona, 08012 (España)
www.duomoediciones.com

Gruppo Editoriale Mauri Spagnol S.p.A.
www.maurispagnol.it

ISBN: 978-84-18538-35-3
Código IBIC: FA
DL: B 9.404-2022

Diseño de interiores:
Agustí Estruga

Composición:
Grafime Digital, S. L.
www.grafime.com

Impresión:
Grafica Veneta S.p.A. di Trebaseleghe (PD)

Impreso en Italia

Para mis padres, mi hermano y toda mi familia.

Para Nino.

Callar y quemarse es el castigo más grande
que nos podemos echar encima.

Federico García Lorca, *Bodas de sangre*

El desarraigo es para el ser humano
una frustración que, de una u otra manera,
atrofia la claridad de su espíritu.

Pablo Neruda, *Confieso que he vivido*

Prólogo

Hemos movido los muebles y hemos bailado toda la noche con el yayo en un mar de lágrimas, y nos ha sentado bien. Mi hija Nina se ha despertado y se ha unido a nosotros. Ya habíamos conseguido pegarle el virus. Yo no tenía ganas de dejar al yayo solo hoy al mediodía. Ahora que mi abuela se ha ido, ya no le queda nada.

Llego a pie a la cima de la Butte, jadeando, con el bolso bajo un brazo y con mi hija dormida en el otro. Agotada por la tristeza, tengo de pronto la sensación de ser mi abuela remontando los Pirineos hace ochenta años. Tiritando. Perdida. Amputada. Ella sin su tierra. Yo sin su presencia a partir de ahora.

Ha venido tanta gente a honrar su memoria; ni mi abuelo ni yo conocíamos a la mitad de los asistentes. Se ha debido llevar unos cuantos secretos a la tumba, la bribona... Nos sentimos aún más orgullosos por haber ocupado los dos primeros puestos en su corazón.

Me duelen las piernas. El Sagrado Corazón parece haberse elevado un par de pisos, como las noches que vuelvo demasiado bebida. Me detengo. A poco más de seis metros. No queda otra que ponerse a trabajar, como decía la *Abuela**.

Abro la puerta de mi piso, enciendo la luz y allí está. La cómoda. En mi casa. En medio del salón. Y de la cocina, que es lo mismo. Sigue siendo mágica incluso una vez que se ha ido, mi abuela. Este pensamiento me hace sonreír. Y llorar. Y después darme cuenta. ¿Qué voy a hacer con esta dichosa cómoda? Treinta metros cuadrados, suficientes para Nina y para mí. Pero treinta metros cuadrados que compartir con la cómoda va a ser complicado.

Yo tenía cuatro años cuando el enigmático objeto de nuestra codicia llegó a casa de mi abuela. El aconte-

* Las palabras en cursiva, en español en el original. (*N. del T.*)

cimiento sigue tan fresco en mi memoria que tengo la impresión de que ocurrió hace menos de una hora. Mis primos y yo nos afanamos miles de veces por meter la nariz en esta cómoda, como si fuéramos imanes traviesos atraídos por el arco iris de los cajones, por las pequeñas llaves que tenían cada uno de ellos y que suplicaban que alguien las girase, por el metal dorado que reforzaba los ángulos para hacerlos más inaccesibles todavía. Pero todas las veces que lo intentábamos la yaya lanzaba uno de aquellos gritos sobreagudos y radicalmente disuasorios que solo ella era capaz de emitir. Y nosotros poníamos pies en polvorosa en un santiamén. Estos intentos frustrados solían terminar en grandes conciliábulos familiares durante los cuales la generación joven inventábamos una *yayetología* inverosímil.

—¿Y si en el cajón amarillo hay una foto en que salimos yo y una hermana siamesa que murió durante la operación que nos hicieron para separarnos? Eso explicaría la cicatriz que tengo en la cabeza...

Mi primito Maxime tenía su teoría sobre el cajón azul:

—Yo creo que el secreto que guarda ahí la *Abuela* es que soy hermano de nuestro primo Yannick. Eso me preocupa. Me parezco más a él que a ti. Como mamá tuvo complicaciones el día que naciste, seguramente se quedó estéril y me regalaron, para consolarla.

Pero nuestras preguntas sobre la cómoda quedaban sin respuesta. De niña aprovechaba mi condición de favorita para que la *Abuela* me enseñase el preciado tesoro. Me llamaba «mi girasol» con tanto orgullo. Pero no conseguimos nada. Mi abuela, desde siempre, es la que decide, la que nos pone firmes. Es como su cocina, al principio te tienta de modo irresistible, te sorprende y luego te maltrata con su temperamento picante. Sin embargo, cuando acabas de comer, te queda en la boca un sabor suave, reconfortante, porque te da la impresión de que te quiere con locura.

He esperado tanto este momento que me arriesgo a morir después de haberlo vivido. Por fin, después de tantos años de impaciencia contenida, voy a saber por qué ponía tanto empeño en ocultar el secreto que escondían aquellos diez cajones. Mi abuela decía que eran su guarda-memoria.

He acostado a mi hija. Se le parece tanto. Espero ser tan buena madre como ella lo fue para mí. He puesto un disco de Ennio Morricone. *Abuela.* Nadie la llamó nunca de otro modo. Con sus ojos negros y su piel atezada, le quedaba bien aquel nombre,

Abuela. El Padrino. La *Abuela.* De todos modos, en mi familia siempre hemos llamado «*Abuela*» a la madre de nuestra madre.

He ido a prepararme un té y he pasado por delante de la cómoda. Mi rostro llama repentinamente al llanto y a la sonrisa, dos invitados mal avenidos. Siento el momento en la punta de los dedos; tengo ocho años y un abanico de emociones que abarcan desde el deseo febril hasta la conciencia ya nostálgica de que una gran página se deja atrás. Petardea en mi interior como el motor de una Harley. Me repongo. Es precisamente lo que ella detesta, la sensiblería. Nunca la vi llorar y sabía que me quería fuerte, inquebrantable, como ella. Lo que yo ya era. O casi. Lo que me habría gustado ser.

En esta familia hablamos mucho y en voz alta, y principalmente para no decir nada. La única vez que reaccionó a uno de mis «te quiero» respondió: «Tú también nos caes bien». No por eso dejé nunca de decírselo. Incluso hasta ha llegado a gustarme eso de decirlo sin que haya respuesta. Rezumaba amor hacia mí por todos sus poros, a cada segundo. No hacían falta palabras. Ni gestos tiernos. O los tenía con el perro, al que acariciaba mirándome. El animal, en cambio, me devolvía los mimos justo después de buena gana.

La gigantesca cómoda de roble macizo alberga diez cajones. Tres hileras con tres cajones cada una que no están perfectamente alineados, y uno pequeño de color rosa, solitario, en la parte inferior. Mi fascinación por lo prohibido no ha disminuido con los años, y tengo la impresión de que voy a meter la mano en el fuego. Acecho el décimo cajón, el más pequeño, el que no tiene nada que hacer ahí. El más misterioso.

La mano no responde a las órdenes de mi cerebro, se aferra a la llave. Me domina el vértigo ante lo que voy a descubrir. Lo abro lentamente, saboreando cada segundo antes de levantar totalmente el velo.

Este cajón está atestado, lo siento en la punta de mis dedos húmedos y temblorosos. Aquí están mis mayores obras, desde el collar de macarrones hasta el cenicero de pasta de sal. Guardó absolutamente todo lo que confeccioné para ella. Un festival de horrores conservados como tesoros. Los recuerdos vuelven a brotar. Me alejo y camino de un lado para otro. Como si aún no estuviera preparada para emprender el gran viaje. El cajón rosa será suficiente por el momento.

Saco una foto en que mis primos y yo estamos delante de la casa móvil que el yayo y la *Abuela* alquilaban todos los veranos en el *camping* de Narbona-Playa. Nuestras sonrisas de tunantes y la alegría de vivir que emana de nuestra cara remozan el papel descolorido. Éramos felices. Dormir pies contra cabeza, seis en la cama de los abuelos, con ellos, naturalmente, no nos suponía ningún problema. En cambio, cuando uno de nosotros crecía y pasaba al catre de campaña para que otro más joven ocupara su lugar era un drama. La *Abuela* y el yayo eran toda nuestra vida. La mía sobre todo. De niña me sentía protegida a su lado. Espero yo también haberles podido dar esa sensación cuando el paso de los años los ha debilitado.

La *Abuela* era los cimientos de nuestra familia. Algunos dirían que meternos a todos juntos en un bloque de hormigón en el café de Marseillette no fue hacernos un favor. De todos modos, si la *Abuela* decidía que algo era bueno para ti, no tenías el menor margen de maniobra. Había que aceptarlo.

Observo la cómoda por el rabillo del ojo. Advierto un sobre al fondo del cajón rosa, reconozco la esmerada caligrafía de mi abuela. ¿Y si hubiera otros? Empiezo a entender...

Ahora tendré que hacerlo: lanzarme a por el primer cajón aun a riesgo de no cejar hasta la madrugada. He dado la vuelta al disco de Morricone. Me siento delante de la cómoda de cajones de colores.

Juntas tú y yo, *Abuela*. Sorpréndeme. Una vez más.

1
La medalla de bautizo

Te confío la medalla de mi bautizo, *cariño*, mi única compañera «de valor» durante el viaje. Desde siempre se me dijo que la cuidara como a la niña de mis ojos y me sentía rica al poseerla. Imaginaba que, si la vendía, superaría cualquier contratiempo.

Me bautizaron tarde para la época. ¡Mis padres y su exasperante modernidad! Querían esperar a que fuera capaz de elegir mi propio dios. Menos mal que se metieron mis abuelos, porque yo quería ser exactamente como los demás, como los míos, reconocida y protegida por aquel Dios, el suyo, el mismo. Viví aquel momento con una seriedad, qué digo, con una solemnidad que conmovió mucho a mi madre e hizo reír mucho a mi padre. Yo llevaba un bonito vestido de seda blanca. Mi familia poseía campos de moreras en los que criaba gusanos de seda, y los fabricantes de tejidos nos echaban una mano en las grandes ocasiones. Un día mi abuelo arrasó uno de los campos para construirse unas alas con las ramas de las moreras. Nos invitaron a todos al espectáculo de vuelo, que fue... ¡derecho al suelo! No consiguió llegar a las nubes, pero sí sufrir un terrible golpe en la cadera derecha que le dolería de por vida. Pero esa, *cariño*, es otra historia.

Mira, en mi medalla está san Cristóbal, patrón de los viajeros. Tiene gracia, pues el exilio fue mi primer paso fuera de España, y Francia, mi último destino. ¡Menuda trotamundos! La semana anterior a nuestra partida mi madre cosió un pequeño bolsillo en la parte interior de nuestra ropa interior. «Tú, Rita, dormirás por la noche con la medalla colgada del cuello o sujeta a la muñeca y por la mañana la guardarás en el bolsillo de las bragas. Estará siempre contigo y nadie podrá quitártela. Cuando ganen los republicanos, volverás a llevarla sin miedo». ¿Sin miedo a qué? No tuve tiempo de preguntárselo. Mamá sabía muy bien que nunca había tenido miedo de nada. En ese sentido había salido a mis padres. Y subir a un tren rumbo a Francia no era más insensato que colarse en los bosques pasado el anochecer para que los adultos organizaran la resistencia. Durante ese tiempo, en vez de jugar a indios y vaqueros, los niños jugábamos a franquistas y republicanos. Todos querían ser comunistas, anarquistas o socialistas, porque eran los que ganaban al final. Sí, los republicanos eran esos, todas las tendencias de la izquierda unidas contra Franco, en una armonía siempre relativa con un mismo objetivo.

Mis padres se querían tanto como querían a su partido y a su patria. Reivindicaban su idioma, su estilo de vida, sus costumbres, pero también la combatividad, un radicalismo que rayaba la locura y el valor. Nadie habría podido despojarlos de eso. Mi madre repetía sin cesar que cada cual es dueño de su destino. Sazonaba sus intervenciones con esta frase a la mínima ocasión. Servía para dar por concluida una discusión acalorada, dejando a todo el mundo patidifuso, como para ambientar una sobremesa sin tema de conversación. Hay que decir que pronunciaba aquello de que «somos dueños de nuestro propio destino» con cierto retintín, y gracias a eso mis hermanas y yo nos sentíamos invencibles.

Después de unas semanas, la invulnerabilidad del clan parecía tambalearse. Papá y mamá ya no daban un paso fuera sin mirar a sus espaldas. Nos habíamos mudado a casa de Angelita y Jaime, unos viejos amigos de Barcelona. Mis padres ya no trabajaban, ya casi no salían, pero pasaban todo el tiempo escribiendo y organizando reuniones. Varias veces al día, unos niños callejeros entregaban y recogían documentos a cambio de una o dos monedas. Mis hermanas y yo ya no íbamos a la escuela. Algunos niños habían sido secuestrados y enviados a campos donde les lavaban el cerebro y los reformaban para servir al «guía». ¡Antes morir!

Una tarde de diciembre, al regresar de un paseo con un par de caramelos que nos había ofrecido una vecina en los bolsillos, papá encendió la radio después de haber acompañado la puerta de la casa, como ya era su costumbre. La voz que salió del aparato habló de un objetivo, de una masacre, de sangre, de Barcelona, y papá dijo que había llegado el momento de ponernos a salvo. Según él, teníamos menos de tres semanas para proceder. No debíamos preocuparnos, ya que regresaríamos una vez que papá y mamá hubiesen derrocado el régimen de Franco. Iríamos a Francia, no estaríamos lejos, y allí no había ni bombardeos ni dictador, estaríamos bien. Angelita y Jaime iban a acompañarnos durante todo el viaje y nos llevarían a la casa del *tío* Pepe, que vivía desde hacía veinte años en la ciudad de Narbona, a orillas del mar. Nosotras nunca habíamos oído hablar del *tío* Pepe ni de Narbona. Nunca habíamos oído hablar de Francia ni hablar en francés. Nunca habíamos salido de nuestra tierra. Y todos estos «nunca» no me dieron miedo en absoluto porque mis padres, incluso con las prisas y urgencia del momento, procuraron embellecer el panorama que nos esperaba. Más vale creer en los Reyes Magos y sufrir al conocer su inexistencia que perderse el placer de la eterna fantasía que engendran, ¿no? Aquello era un poco lo mismo. Una mentira tierna, protectora, para que pudiéramos aguantar al menos hasta llegar a Narbona.

Las caras descompuestas de mis padres habrían tenido que ponernos la mosca detrás de la oreja ya en el andén de la estación. Habían puesto precio a sus cabezas, en toda la zona y más allá. Estaban condenados y habían decidido quitarse la vida juntos. Solo Dios sabe si otras personas se han tenido tanto amor.

Mis hermanas y yo nos arreglamos como pudimos. Como tu tía abuela Leonor era la mayor, fue ella quien abrió la maleta y encontró la carta de papá y mamá al llegar a Narbona. Mientras la leía, en su cara brotaron ríos de recuerdos que iban cobrando sentido. No olvidaré nunca su mirada. En ella pude ver por turnos la furia de mi madre y el hermetismo de mi padre. Guardó el secreto hasta que Carmen tuviera la edad para comprenderlo. Mejor dicho, hasta que ella decidiera que Carmen y yo teníamos la edad para comprenderlo. Es ahora, al decírtelo, cuando me doy cuenta con claridad de la entereza de mi hermana. Era tan inflexible con nosotras, y yo estaba tan encerrada en mi enfurruñamiento preadolescente, que a menudo estaba resentida con ella, y eso era injusto. Leonor tenía seis años más que yo, y Carmen, cuatro menos. Yo tenía diez. Sí, eso es, el día que abrazamos a nuestros padres por última vez teníamos seis, diez y dieciséis años, respectivamente.

El tren no llegó a Narbona. Nos hicieron bajar en Gerona y tuvimos que recorrer a pie el resto del trayecto. Había que ceder los asientos a las patrullas que llevaban a cabo batidas en las poblaciones fronterizas. Los republicanos activos que trataban de abandonar el territorio eran acorralados, y después utilizados como moneda de cambio o apresados. Y cuando había que hacer sitio en las cárceles...

Yo no sabía nada de esto en aquella época. Cuando Leonor advertía mi inquietud y la de Carmen, nos decía que todo era temporal y que los malvados franquistas no tardarían en verse frenados por los bondadosos republicanos. Y como al final ganan siempre los buenos..., zas, ecuación resuelta, «*Tranquilas, nenas,* buenas noches». «Bueno, pues entonces si termina pronto... Buenas noches». Es tan fácil partir cuando una ignora que puede ser para siempre.

¡Qué sensación de libertad al comenzar el viaje! ¡Cuánta euforia en el corazón de Carmen y en el mío! El sol añadía pinceladas estivales a aquel febrero. Íbamos hacia un mundo nuevo y cientos de niños de nuestra edad corrían a través de los Pirineos con nosotras. Para Leonor, evidentemente, fue distinto. Estaba centrada, sabía lo que nos esperaba, o lo intuía. Los otros, también. El contraste entre las explicaciones de mis padres y los rostros inquietos que conformaban la comitiva me obligó a hacerme preguntas.

A mitad de camino, Carmen y yo habíamos perdido gran parte del entusiasmo. El frío aumentaba, el cansancio se hacía sentir y muchos zapatos se habían quedado sin suelas. El estertor de la procesión, un runrún compuesto de llantos infantiles y quejas contenidas, retumbaba en las vertientes de la montaña.

En Le Boulou apartaron a los hombres de las mujeres y los niños. La separación de Jaime fue terrible. Angelita estaba embarazada y gritaba de angustia. La abrazamos con todas nuestras fuerzas para calmarla, pero fue en vano. Carmen también lloraba, sin saber bien por qué. A nuestro alrededor, las familias que nos rodeaban se descomponían, se deshacían en lágrimas, con el corazón tan desgarrado que olvidaban la mordedura del viento.

En la frontera nos pusieron inyecciones a todos. Nadie preguntó de qué se trataba; ya estábamos demasiado anestesiados por el hambre y el frío. Nunca lo supimos. Mis hermanas y yo no éramos, ni de lejos, las menos afortunadas: mamá había tenido la precaución de meter prendas de gruesa lana en la maleta y zapatos nuevos para cada una. Pero el temor que sentíamos ante la proximidad de lo desconocido crecía en nuestro interior ahora que el único varón del grupo ya no estaba con nosotras. Sin embargo, si no íbamos a tardar en regresar, ¿por qué el miedo y la tristeza hacían tanta mella en la tropa? Más que tropa debería decir «rebaño», porque tanto las autoridades francesas como las españolas nos trataban como si fuéramos ganado.

En dos ocasiones, durante los ciento cincuenta kilómetros que recorrimos, unos convoyes de la Cruz Roja nos proporcionaron agua y algunos víveres. En Le Boulou, una señora mayor regaló a Carmen una pequeña caja de *mantecados* y unos *huesos de santo* que se parecían extrañamente a los dedos de la *Abuela,* la mía, fallecida unos meses antes de cáncer de estómago. Cada vez que preguntábamos a mi madre de qué había muerto la *Abuela,* respondía con cólera contenida: «Mi madre no soportó que su gente permitiera que la basura se apoderase de su tierra». Nada más.

Aquella bravata asustaba a más de uno, pues nadie sospechaba que se pudiera morir por eso. Fueron sus convicciones las que la mataron, a nuestra anciana, y no algo que no deja de ganar terreno, y que sigue ganando sin más pese a que se combate, como ese *malparido* del *Caudillo.*

El resplandor de la caja de dulces se reflejaba en los regocijados ojos de mi hermana menor. Era un amable espectáculo en medio de aquel desastre. Intercambié una sonrisa de complicidad con Leonor. La primera y la última del periplo. Ella no quería que yo me percatara de su miedo, y yo no quería someterme a su autoridad. A fin de cuentas, no era mi madre. Carmen, al principio, se negó a compartir. Era su regalo. Y con hambre o sin ella, no había que esperar nada. Tampoco ella saboreó enseguida su tesoro, a pesar de que su pequeño vientre rugía de hambre. Llevábamos dos días de viaje; los *bocadillos* de mamá estaban ya muy lejos y los dulces de la Cruz Roja, también.

Aunque aquellos ciento cincuenta kilómetros nos hicieron crecer varios años, y Carmen acabó por repartir voluntaria y equitativamente su botín. Leonor y yo insistimos en que se quedara con un poco más, alegando que estaba en pleno desarrollo, como decía mamá, y que, de todos modos, nosotras no teníamos hambre. La pequeña se opuso. Dos meses antes no habría tenido reparo en estrujarle la mano para robárselos, y ella habría tenido que recurrir a toda su astucia para impedir que fueran pasto de mi glotonería. Pero claro, en aquellas circunstancias...

En nuestro grupo de escapada éramos un centenar, pero delante de nosotros avanzaba una marea humana, como millares de hormigas, valerosas y vulnerables, menguadas por el frío glacial y el peso de los equipajes, pero con una voluntad sin igual.

Por la noche llegamos al campamento de Argelès. ¡Hacía un frío del carajo! No, perdón, quiero decir un frío que pelaba... No acababa de entender por qué llamaban campamento a aquel inmenso recinto en la playa, delimitado por alambradas. Desde que en Cerbère se habló de campamento, creo que me imaginaba una especie de *camping* gigante. Pero aquella vasta extensión de arena parecía más bien un moridero: una cincuentena de chozas dispersas, tan bamboleantes como la casa de paja del cerdito holgazán, y unos cuantos braseros con fantasmas apelotonados alrededor. Prácticamente nada. Solo cuerpos acobardados por el viento y los retortijones, almas atormentadas por los recuerdos y las renuncias.

Nos recibieron cuatro enfermeras con unos hatos de arpillera debajo de los brazos. Eran amables y encantadoras, siempre atentas a pesar del incesante río de gente. ¡Qué reconfortante resultaba aquella bondad desinteresada después de que nos trataran como los vencidos durante todo el viaje! Puede que la vocación de Leonor se forjara en aquel momento. Cada familia recibió dos mantas, un pan y un bidón de agua casi congelada. Nos instalaron en un barracón donde había ya una treintena larga de ocupantes, al límite de sus fuerzas, como nosotras. Eran amables aquellas francesas. Lo sentíamos, incluso sin comprender una palabra de lo que nos decían. Hicimos nuestro «nido» junto a una mujer embarazada, aun más gorda que Angelita. Se estiraron una contra la otra, y yo me pegué a Angelita para acariciarle el vientre y tranquilizar al pequeño. Sus barrigas parecían dos huevos de dinosaurio en un nido de ropa. Leonor cortó el pan en cuatro partes y a ninguna se nos ocurrió racionarlo por si acaso. Carmen se durmió comiéndose su trozo. La pequeña se sentía a salvo porque había un techo, que amenazaba con irse volando, y a pesar de los olores de la muchedumbre sucia del viaje.

Toda la noche soñé con la *fideuá* de mamá. Sentía el *socarrat* entre los dientes. Como bien sabes, el *socarrat* es el arroz y los fideos requemados que se quedan pegados a la paellera. Es lo mejor. Crujiente y jugoso. Había reprimido tanto el hambre durante la vigilia que el sueño la invitó a entrar cuando caí dormida. El despertar solo se hizo más difícil.

Mis ojos se abrieron con los primeros rayos del sol. En casa nos resguardábamos del sol, animal asfixiante del que huíamos para hacer la siesta durante las horas en que su violencia nos castigaba la piel. Para una vez que podía protegernos en lugar de atacarnos, para una vez que podía quitarnos aquel frío que nos encogía imponiendo toda su ardiente potencia... *¡Coño!* ¡Menudo traidor!

De pronto fui consciente de la pequeñez de Carmen. Habían bastado setenta y dos horas para que su frágil figura adquiriese un aspecto enfermizo. Mi hermana menor tenía apenas seis años y bajo sus ojos se perfilaba ya un arco oscuro. ¡Tenía ojeras! Era inadmisible. Seguí inspeccionando el lugar con la mirada, descubriendo caras macilentas torpemente instaladas sobre cuerpos desnutridos. ¿Desde cuándo estaban allí? ¿Cuánto camino habían recorrido para llegar a aquel sitio? ¿Y para qué? ¿Era aquello estar a salvo, lejos de los suyos y de su tierra, en un suelo de arena helada?

Sentí que mi cólera aumentaba. La rabia crecía contra mis padres, contra Leonor, contra todo, mientras en mi vientre se formaba de un modo palpable una bola de odio. Creo que en aquel momento comprendí que no, que aquello no era normal, que no era temporal. No. Comprendí que el resto de mi vida se escribiría con la tinta roja de aquellos días.

La Cruz Roja se puso en contacto con el *tío* Pepe. Para salir del campo, un residente francés debía confirmar que podía acoger al refugiado o refugiados en cuestión. Él se comprometió y subimos a un tren rumbo a Narbona. Hoy me arrepiento. Debería haberme quedado. Cuando salimos del campo tuve la impresión de que abandonaba a todos los que estaban encerrados allí. Si me hubiera quedado, habría podido ayudar, participar, cuidar. Pero opté por seguir las indicaciones de papá y mamá, por salvar el pellejo, por someterme. La vergüenza me acompañó todo el viaje y acabó por expulsar la alegría que despuntaba en mi corazón ante la idea de encontrar un auténtico techo. Esta sensación desagradable, esta culpabilidad, me acosa todavía en sueños de vez en cuando y me tortura durante el día siguiente.

Angelita se quedó en el campo de Argelès. Confiaba en reencontrarse con Jaime antes de partir, antes de que los carromatos que recogían a las futuras madres la trasladara al día siguiente a Elna para que diera a luz allí. Nosotras no queríamos dejarla. ¿Quién iba a cuidar de ella? Una enfermera franco-española nos explicó que Angelita estaría mejor en Elna que en ningún otro sitio. Una señora suiza estaba organizando un lugar en el que las mujeres y los niños estarían protegidos. Una maternidad, sí, pero mejor todavía. Un remanso de paz. Aquella enfermera contaba bien las cosas. O era solo que por una vez nos decían la verdad y lo notábamos. Nos tranquilizó con su historia y las despedidas fueron menos dolorosas. Leonor dio a Angelita el teléfono del *tío* Pepe. «Por si acaso», como decía mi madre. Y cuánta razón tenía mi madre...

2
La llave

Cuando llegamos a Narbona no bajamos solas del tren. Con nosotras se apeó, por lo menos, una cuarta parte de los viajeros. Fue reconfortante. Pero casi todo el mundo se apartaba cuando pasábamos. Nos miraban como si fuéramos animales exóticos o, no sé, como si fuéramos unos oportunistas. Lo entiendo. Un poco. Debe de ser aterrador ver que llegan a tu tierra cuatrocientas mil bocas que alimentar.

Solo retengo un par de frases que no comprendí entonces, pero cuya repetición en boca de los franceses me marcó durante los primeros tiempos. Unas veces a gritos, otras en voz baja: «Españoles de mierda. Están sucios, apestan». Solo te digo que, en cuanto nos enteramos de lo que significaban, comprendimos que no íbamos a gozar inmediatamente de la vida de placeres en la costa que nos habían vendido nuestros padres.

Pero, en fin, aún teníamos al *tío* Pepe. «Ojalá se parezca a sus dos hermanos —me decía yo—, así nos reiremos de todo». Pero el *tío* Pepe era francés desde hacía algún tiempo, y más o menos conocido, y esperaba prescindir de la mala publicidad de que lo vieran con nosotras o, peor todavía, de alojarnos en su casa. Nos llevó a lo que se conoce como el barrio gitano de Narbona, ya sabes, cerca del mercadillo de ropa usada. Lanzó un silbido al pie de un edificio destartalado, el más alto de los alrededores, y una madona cuadragenaria se asomó a la ventana del quinto piso. No hizo falta que el *tío* Pepe dijera nada.

—*¡A ver si me queda algo!* —exclamó la mujer. Reapareció al cabo de unos minutos—. *¡Sube!*

Cuando despegué la nariz del cielo, o sea, de la ventana, el *tío* Pepe había desaparecido, sin dejar tras de sí otra cosa que una pequeña llave que brillaba en el suelo. La recogí discretamente antes de seguir a mis hermanas al interior del edificio. Nunca supe qué abría aquella llave. O más bien sí. Abría el comienzo de mi nueva vida y sellaba la que había tenido hasta entonces. Encontró de manera natural un lugar en la cadena de mi medalla bautismal, golpeándola o acariciándola según la presteza de mis pasos. Al igual que hacía conmigo la vida. Me recordaba que la impaciencia era mi enemiga.

¡Ay, Dios!, en cada tramo de la escalera tenía la impresión de que iba a hundirse el suelo y nos caeríamos al rellano de abajo. Apretaba la medalla para darme ánimos. El interior era un hervidero. Las personas con quienes nos cruzábamos andaban con total seguridad, como si no fuera a sucederles nada. Nadie estaba quieto en aquella finca. «*¡Hola, amores!*», soltó una voz. Intercambio de miradas interrogativas. ¿Un chico? ¿Una chica? Un poco de las dos cosas, seguramente. Los pechos, el maquillaje y el peinado eran los de una mujer, pero aquellas manos y aquellos pies enormes indicaban otra cosa. «*¡Hola!* ¿Pudisteis coger juguetes antes de salir de casa?». Una adorable niña nos pisaba los talones con un objetivo muy claro, a pesar de su corta edad. «Sí, claro, juguetes», pensé. Como si hubiéramos venido cómodamente instaladas en un bonito coche con bonitas maletas de cuero en las que meter nuestras boni-

tas vidas. Maldecía ya interiormente a aquella chiquilla, cuando advertí de repente las múltiples cicatrices que tenía en la cara, en el cuello, en los brazos. Más tarde supe que aquella cosita, Luisa, solo tenía seis años cuando huyó del campo. Capturada y desfigurada, había conseguido escapar de nuevo. Nadie supo nunca cómo había aterrizado medio muerta y medio desnuda ante aquel edificio.

El ambiente parecía menos tranquilo en el cuarto piso. A la izquierda, con la puerta abierta, seis abuelos jugaban a las cartas y daban gritos, entusiasmados por la partida. A la derecha, también con la puerta abierta, una mujer abandonaba a un hombre. O más bien lo echaba de casa. No tardé mucho en entender que Josefa y Miguel se separaban al menos una vez a la semana y que al cabo de doce horas sentían renacer el amor con más pasión que antes. Una suerte de estabilidad como cualquier otra.

En el quinto piso nos esperaba la guapa Madrina, haciendo punto y mascando chicle, repantigada en la pared con indiferencia. Era guapa de verdad. No simplemente guapa. Potente. Como mi madre. Nos condujo a una habitación con una pila para lavarse, una cama grande, otra pequeña, un buró y dos sillas. Es verdad que estaba destartalada y que hacía falta bombear con el pie muchas veces para que saliera un hilillo de agua, pero la estancia tenía quince metros cuadrados y era acogedora. Y gracias a ella, mis hermanas y yo tuvimos las pantorrillas más bonitas del barrio.

—¿Sabéis coser?

Nos quedamos calladas y en fila, como sardinas en lata. ¡Pues claro que sabíamos coser! Incluso Carmen había aprendido ya. ¿Qué madre no enseña a sus hijas los elementos básicos que les permiten encontrar marido? *Cocina, costura, limpieza.* Es un poco como el ajuar: forma parte de lo mínimo que se da al futuro marido junto con la novia. Y mi madre nos había educado como a buenas guerreras, preparadas para combatir, pero también para adaptarse a todas las situaciones.

Madrina fue parca en palabras pero no en soltura. Pagaríamos el alojamiento y la comida con trabajos manuales. Carmen y yo podíamos trabajar solo el fin de semana y asistir a la escuela católica del barrio, que admitía a inmigrantes españoles, pero a condición de que Leonor trabajara a tiempo completo. En cuanto a las comidas, Madrina era la encargada de la cantina. A mediodía y a las siete de la tarde, servicio para los inquilinos del primero. A las doce y cuarto y a las siete y cuarto, servicio para los inquilinos del segundo. Y así sucesivamente. A nosotras, en el sexto piso, nos tocaba todos los días a la una y cenábamos a las ocho. No se admitían retrasos. Al menos, no teníamos solo quince minutos, cronómetro en mano, para recogerlo todo y lavar nuestros platos, al contrario que nuestros vecinos de abajo. Cuando Madrina no venía a interrumpirnos para poner orden, nos quedábamos en la mesa y comentábamos las novedades del día soñando despiertas o rehacíamos el mundo, para no hablar de lo esencial. Aquel comedor era nuestra cámara de descompresión. Allí no nos molestaba nadie, mientras que en nuestra habitación era imposible estar tranquilas antes de las diez de la noche. Llamaban a la puerta para todo. Era un lugar de autogestión y requería de una solidaridad permanente. Tranquilizadora al principio. Agobiante al final.

El edificio era una cosa, pero la escuela, *mi amor*... ¿Cómo explicar lo que ocurre cuando llegas a una escuela y no hablas el idioma? Es como estar bebida o, mejor dicho, como si fueras sordomuda. Eso imagino, vamos. Creo que el idioma no fue un obstáculo durante mucho tiempo, aunque fuera de clase hablábamos únicamente en español. Casi todos los niños franceses habían recibido de sus padres la orden de no acercarse a nosotras: el olor, los piojos, la mugre y toda la pesca. Sin embargo, te aseguro que nuestra higiene era impecable y que jamás tuvimos piojos. Se sabe que a los piojos no les gustan las cabelleras negras como el ébano y espesas como la cuerda; no se encuentran cómodos en ellas.

Para peinarnos nos poníamos en fila india. Leonor me peinaba a mí, y yo peinaba a Carmen. Un día conté a Madrina que era en esos momentos cuando me acordaba de mi madre, en esa sensación a la vez suave y violenta que causaba el peine cuando se deslizaba por el pelo o daba tirones para deshacer los nudos. Al día siguiente, Madrina se autoinvitó a nuestro arreglo matutino con toda naturalidad. Se colocó detrás de Leonor, como si fuera el vagón que faltaba, para peinarla. Parecíamos los Dalton.

Madrina sabía mucho. Lo sabía todo. Sabía que Leonor también necesitaba evocar aquella sensación. Para alimentarse con el recuerdo que se revive con un gesto, una postura, un contacto.

Yo adoraba hablar francés, me sentía flamante practicándolo; pero no había muchas oportunidades. A veces iba a hacer recados al mercado de abastos. Era un poco más caro que el mercado corriente, pero me ponía la mar de hueca cuando pedía una granadina con acento francés perfecto y me respondían sin observar mi diferencia. Entonces forzaba un poco las cosas para entablar conversación, para comprobar cuánto duraba mi pequeño juego. Me sentía tan libre. Era su igual. Ya no despertaba prejuicios ni rechazos automáticos. El cielo se abría ante mí para darme la oportunidad de inventar un porvenir ambicioso. Pero por mucho que me esforzara, seguía siendo una paria española que se había plantado en su casa con cuatrocientos mil primos. Nunca llegaría a ser nada grande. Sobreviviría, en el mejor de los casos. Yo quería un pueblo, un pueblo ante el que no me avergonzase ni que se avergonzara de mí.

Allí estaba André, un niño francés de mi edad que buscaba mil pretextos para hacerme sonreír. Vivía en la casa de enfrente. Cosía como los ángeles, algo poco frecuente entre los varones de entonces, por eso pasaba las horas en nuestra casa para ver trabajar a las mujeres y ayudarlas. Me pasaba periódicos franceses por debajo de la puerta y de vez en cuando una concha de caramelo que había tenido el detalle de adornar con una cinta. Y el caso es que no eran precisamente cintas lo que faltaba en el edificio. Acudía en cuanto me oía gritar desde la ventana y me hablaba exclusivamente en francés, con riesgo de recibir un rapapolvo de su madre, que no entendía aquel exceso de celo, dado que hablaba español. Me gustaba charlar con él en francés sobre España. Mi lugar en el mundo adquiría otro carácter. Ya no era de ningún sitio. Era de aquí y de allí. Y eso no era un defecto ni tenía nada de anormal para André.

Como era un muchacho más bien serio, me encantaba hacer payasadas para hacerle reír. Tenía mucho encanto cuando se relajaba. Era extraño. Yo tenía una angustiosa necesidad de control, pero él tenía defensas que también lo encerraban en sí mismo. Observaba más que hablaba y no se explayaba ni se desahogaba nunca. Cuando yo estaba con él parecía más suelto, menos amo de sí mismo. Yo no. Le tenía cariño, pero creía que mis sueños eran demasiado grandes para él. Esto destruía cualquier ambigüedad en nuestras relaciones, a pesar del enrojecimiento de sus mejillas en cuanto nos rozábamos.

Madrina respetaba al chico por su sentido del trabajo. Y Dios sabe que era necesario para que la castellana lo armase caballero. Con una pesadez que nos incomodaba, bromeaba sobre lo que el chico debería pagarle si quería fugarse conmigo dentro de unos años. Sí, Madrina le sacaba partido a todo. Incluso a lo que no le pertenecía. A menudo oía sus conversaciones desde la ventana de nuestra habitación. Recibía a personas de todas clases: obreros, abuelas, adolescentes, prostitutas, y siempre trataba de obtener algo. Madrina no había llegado donde estaba por casualidad; era ambiciosa. En cambio, cuando se llegaba a su corazón...

Tuvimos que demostrar durante meses el valor de nuestras pequeñas y animosas manos antes de percibir las primeras muestras de su amor y su confianza. La mano de hierro tardó mucho tiempo en calzarse el guante de terciopelo. Era una mujer contradictoria. Era una sargenta, basta y violenta, rápida, implacable. Sin embargo, en cada uno de sus gestos se percibía el respeto, la benevolencia y la fraternidad que podía ofrecer. Era franca, pero totalmente misteriosa, y dirigía su microsociedad de manera brillante. Tenía cuatro gatos, una cotorra, o sea, un pájaro de colores que hablaba, y un perro pastor de Beauce. Un zoológico que poblaba los amplios veinticinco metros cuadrados que la suertuda tenía para ella sola. No permitía que ninguno de sus inquilinos faltase a una comida. Era una norma indiscutible. Me preguntaba por qué. Saltarse una comida nunca había impedido a nadie coser toda la tarde.

Como Madrina preconizaba las virtudes de la siesta corta, el trabajo no se reanudaba hasta las dos y media.

Se preocupaba porque durmiéramos bien y también por el hecho de que Leonor, entregada a su papel de madre suplente, apenas saliera a la calle. Se preocupaba tanto que hizo lo imposible para que conociera al hijo de los Garré, del segundo. Este joven había sido muy amable con Carmen y conmigo desde nuestra llegada. Delante de la casa nos había dibujado con tiza una rayuela con los números en forma de animales. Nos regalaba manzanas y nos había enseñado cómo hacer un disfraz con mallas. Pero como Leonor estaba siempre encerrada arriba zurciendo, Madrina ideó una estratagema para favorecer el encuentro:

—Roberto, hoy tengo las piernas que parecen dos postes de la luz. Sube al quinto derecha, por favor, y tráeme la lista de lo que necesita la chica, Leonor, del mercado de telas. Y que te prepare un café para que te entretengas mientras la escribe. *¡Anda!*

Bajaron los dos quince tímidos minutos después, la tez rosa caramelo, los ojos algo húmedos, con esa sonrisa deliciosa y patética que se percibe en quienes el amor despierta subrepticiamente. Hablaban durante horas delante de nuestra habitación y su pudor me hacía perder la paciencia. Pegada a la puerta, yo vibraba al ritmo de sus palabras como si escuchara una *radionovela.* Su primer beso tardó siglos en llegar. En cambio, recuperaron el tiempo perdido a marchas forzadas. Mi irreprochable hermana mayor regresaba a paso quedo de madrugada, y Carmen y yo fingíamos no oírla. Nos sentíamos menos culpables viendo que se abandonaba a las preocupaciones propias de su edad.

Querida, tú ya sabes quién es el hijo de los Garré. Es tu *tío* Roberto. Sí, sí, él fue el primero y el último que tuvo. Sin medias tintas. ¿Sabes lo que es un alma gemela? Ni en una película creerías que el hombre con el que la chica va a compartir sesenta años de pasión amorosa e ideológica vivía tres pisos más abajo. Se amaron tres años en la vivienda y se casaron dos años más tarde. Se mudaron después de la boda y se llevaron a Carmen con ellos. En cuanto a mí, mi caso era demasiado complicado. Demasiado colérica. Intratable. Quería saber. Saberlo todo. Y para mi gran incomprensión, nuestra principal ley era la del silencio. A los quince años era demasiado joven para entender. Pero cuando crecí, cometí los mismos errores. Oculté y mentí para proteger o, mejor dicho, oculté creyendo que protegía. Salí de aquello. Por entonces interpretaba la vaguedad de las respuestas a mis preguntas como una falta de consideración. Incluso Madrina parecía saber más de mi propia historia que yo misma... No era difícil, en vista de su tendencia a meterse en todo. Es posible que, además, fuera un poco clarividente. O a lo mejor es que yo era menos espabilada de lo que creía. Cada vez que me gustaba un chico, se oponía.

—Ese no. Eres demasiado joven y ese quiere mojarla donde sea, de modo que ni se te ocurra.

Cuando salía del barrio a hacerme la francesa, si me cruzaba con ella, me hacía volver inmediatamente.

—Ni en sueños, *cariño*.

Era fascinante. Y exasperante.

El día que tuve la primera regla estaba en la escuela. Tenía once años y medio. Me fui enseguida y volví a casa corriendo con dificultad. El miedo multiplicaba el dolor, porque no sabía qué era aquello. Había improvisado algo con papel higiénico, lo que me había evitado humillaciones, pero cuando me crucé con Madrina en la escalera, debía de estar pálida. La muy bruja no dijo ni pío, me llevó a su piso sujeta por el brazo y me sentó sin ambages.

—Las mujeres tienen esta pejiguera una vez al mes, no es una enfermedad, no es nada grave, solo quiere decir que desde ahora debes tener cuidado con lo que haces con tu flor porque podrías quedarte embarazada.

Abrió un cajón y sacó varios trozos de tela blanca. Cogió uno y me alargó los demás. Se bajó las bragas y añadió:

—Mira, te lo pones así, y cuando esté sucio, lo lavas. Es cuestión de técnica. Las existencias son limitadas.

Me dio el paño con el que acababa de enseñarme el procedimiento y se arregló la ropa, dando por terminadas sus explicaciones. Sin rodeos.

—Venga, sube ahora a tu habitación y practica.

Yo habría preferido que el pudor y las desavenencias entre mi hermana y yo no le hubieran impedido prepararme para una experiencia tan fuerte, así me habría ahorrado el tener que verle el chichi a Madrina y recibir una lección de doce segundos. Leonor tenía tacto. Habría querido que ella y Roberto me llevaran consigo, pese a que nuestra relación se había deteriorado al máximo. Habría querido domar mi fogosidad. Habría querido ser menos orgullosa y atreverme a decirle que deseaba estar a su lado. Habría querido que me aceptara tal como era. Eso no quiere decir que yo soñara con todo lo que ella consideraba tranquilizador. Un trabajo. Un marido. El sentido de la responsabilidad. ¿Acaso se preocupa un caballo salvaje por tener los cascos en buen estado? Leonor no tenía ninguna necesidad de vivir el momento, ni de tener la sensibilidad o la personalidad que teníamos Carmen y yo. La única misión de la que se creía responsable era que no saliéramos del redil. Según ella, que fuéramos trabajadoras, decentes, bien educadas y puntuales era mucho más importante que ser felices y sentirnos vivas.

Unas semanas después de la partida de Leonor estaba ya descontrolada. Vendía tabaco de contrabando, robaba maquillaje en las tiendas y ropa en el mercado, ya no participaba en esa lata de las faenas comunes de la vivienda y no entregaba los encargos a tiempo. Madrina me vigilaba día y noche para mantenerme a raya. Creo que la ponía a prueba, para comprobar si acabaría por desistir y abandonarme como habían hecho los otros. Como toda chica de quince años, yo necesitaba límites. Los míos se habían resquebrajado por exceso de tabúes. Leonor quería que me responsabilizara. Lástima.

Cuando mis hermanas abandonaron el barco, yo dejé la escuela para dedicarme a coser a tiempo completo. Madrina me había propuesto que siguiera estudiando hasta los dieciocho años si trabajaba por la noche, además de los fines de semana. Al principio acepté esta bondadosa oferta, pero no cumplí con mi papel durante mucho tiempo. Aquella vida rutinaria y monótona empezaba a asfixiarme. Me atraía la idea de estar en otra parte. Mi imaginación vagabundeaba a merced de los primeros carteles publicitarios que aparecían pegados en las calles. El fin de la guerra contra Alemania estaba cerca y en el ambiente renacía un aroma de libertad. Bastaba que me cayera en las manos una novela para que soñara con irme de nuevo. Irme, sí, pero ¿adónde? Necesitaba ahorrar mucho y trazar minuciosamente un plan antes de ejecutarlo. Por eso decidí dejar la escuela y trabajar a tiempo completo. Estaba harta de aquellos españoles que decían que había que integrarse to-tal-men-te. ¿Qué quería decir integrarse? ¿Quiénes éramos para tener la necesidad de integrarnos a ellos? ¿No estábamos hechos de carne, huesos y sangre, como ellos? ¡Hasta nuestro Dios es el mismo! Éramos tan similares que apenas teníamos nada que decirnos. Yo, que hablaba y escribía en su idioma mejor que ellos, ¿tenía que encogerme para que se me viera y oyera lo menos posible? Desde luego que no. Puesto que Francia no quería saber nada de nosotros, y de todos modos ya no había ningún «nosotros», me juré que, cuando tuviera dinero suficiente, diría adiós a Rita Monpeán Carreras y me convertiría en Joséphine Blanc. Joséphine Blanc sería una francesa de pura cepa, parte del colectivo unánime de aquí. Un bonito nombre como Joséphine atenuaría mi fogoso temperamento, me afrancesaría.

Me iría sin nada, solo con la medalla, la llave y algo de ropa. Mis padres me habían confiado a mi hermana, que, a su vez, me había confiado a Madrina. Mis abuelos me habían confiado a Dios y este, al menos, siempre estaba presente. Bueno, no siempre, así que no lo echaría de menos si me confiaba a él entretanto. Era el motivo por el que había decidido conservar la medalla. No para seguir unida a los míos y a mi historia. No porque pensara que tenía valor: caí en la cuenta de que no tenía ninguno al cabo del tiempo, cuando probé a venderla. No, la conservaba como un amuleto, para no sentirme totalmente sola. Lo dejaría todo, para que nada pudiera revelar de dónde venía ni quién era. Mejor dicho, ni quién había sido. En verdad, como ves, también conservé la cadena que sujetaba a la vez la medalla y la llave oxidada. Una medalla para no estar aislada y una llave que me permitiera forjar un porvenir. No uno cualquiera. Un buen porvenir. El mío. Un porvenir donde, al final, fuera yo la vencedora. No como ellos. Yo tenía la llave, y mi alma valerosa fabricaría otras, tantas como fueran necesarias para que ninguna puerta obstaculizara mi camino.

3
El cuaderno de poemas

El corazón me late con fuerza en el vientre cuando abro este grimorio y releo sus renglones. El erotismo de algunos poemas me hace dudar que la cómoda sea su lugar. No durante mucho tiempo. Al fin y al cabo, se trata de amor. Que yo sepa, no tuviste a Nina por intervención del Espíritu Santo. Hay un montón de quincalla en este cajón, pero olvidémonos del hueso de lichi, de la pulsera, del mechón de pelo, de las cuerdas de guitarra y de lo demás. Es sobre todo este cuaderno el testimonio de mi naciente feminidad y de mi más grande amor.

Sin embargo, cuando veo a Rafael por primera

vez siento un nudo en el estómago. Acabo de dejarlo todo. Siento unos deseos feroces. Tengo la impresión de que la vida es mía, pero me da reparo haberme ido sin decir nada. Y es que no sé por dónde empezar.

Rafael aparece, saliendo de un bar. Se detiene a encender un cigarrillo. Mira fijamente sus pies y aprovecho el momento para observarlo. ¡Dios mío! Me tomará por una mendiga, sentada en el suelo, delante de la estación de Toulouse. Es que había hecho todo el trayecto de pie, de Narbona a esta ciudad, porque había comprado el billete más barato. Me levanto. Para que no me vea si alza los ojos. O para que me vea, no lo sé. En mi cabeza repito: «Ven, ven, ven, ven hacia mí». Lo confío todo a la telepatía, porque no me atrevo a acercarme a él. Todo en él es demasiado. Demasiado guapo. Demasiado viril. Demasiado seguro. Demasiado orgulloso. Demasiados «demasiados» para que no me flaqueen las piernas. Me sonríe. Bajo los ojos. ¡Qué idiota! Por suerte, no se desanima. Adivina por mi actitud que me he levantado sin saber adónde ir. Ten compostura. Deprisa, deprisa, deprisa. Cruza la calle.

—*Buenas, señorita. ¿Puedo ayudarla?*

—Lo siento, no hablo español.

—*¿En serio?*

No respondo. Joséphine Blanc no sabe qué significa *en serio*.

—Usted perdone, habría jurado que era usted...

—No, de ningún modo.

—Encantado. Rafael —dice, tendiéndome la mano.

—Joséphine.

—Bonito nombre, Joséphine.

—Gracias.

Oh, no. La casualidad ha querido que haya encontrado a alguien que me devuelve a mi país, pues con aquel acento toda Andalucía toma forma sobre el ladrillo rosa. Están por todas partes, es evidente. ¡Y hablas de emanciparte! Hay que ver con España, solo tiene que alumbrar sensualidad para atraparme de nuevo. Y no hago nada por impedirlo. Todo lo contrario. La vida acaba de abrirse paso en mi vida. Es la primera vez. Toda mi carne grita de deseo y fascinación. Estoy tan aturdida que debe de notárseme como una nariz en mitad de la cara. Me repongo. Me hago la indiferente y procuro recordar cómo se comportaría una verdadera francesa en mi lugar. Debo ser moderada, un poco mojigata, un poco ofendida, de lo contrario no interpretaré bien mi papel. ¡Al diablo mi impulsividad y mi franqueza! Por ese lado todo debería ir como una seda, tengo experiencia después de estudiar cinco años entre los meapilas de Saint-Just. Concéntrate, Rita, puede que sea una oportunidad que te ofrece el destino. *Tranquila, tranquila, tranquila.*

Ya está. Levantar los ojos para mirarlo me cuesta más que escalar el Mulhacén, pero no me acobardo. Quiero clavar los ojos en los suyos, para pescar su alma, y si es demasiado pequeña, demasiado joven, demasiado delgada, la devuelvo al agua. *¡Ay, Dios!*, no desvía la mirada. Tengo el corazón y el vientre subiendo y bajando como en una montaña rusa, me siento zarandeada, perdida, ebria de adrenalina. Sigue, sigue, sigue, valiente. Imposible. Estoy petrificada como la *Pietà*. Ni siquiera necesito forzar mi timidez, que se ha apoderado de todos mis mecanismos. Entonces ¿ya está, me he convertido realmente en una jodida francesa? Qué vergüenza.

—¿Conoces Toulouse? ¿Quieres visitarla con el mejor guía de la ciudad? —propone Rafael.

—¿Por qué no? No conozco nada de aquí. Soy de Narbona, acabo de llegar.

Rafael anda deprisa. Con una tierna sonrisa se ha apoderado de mi mano, para que no me quede atrás, sin esperar a que le dé mi consentimiento. Eso también me gusta. Es respetuoso, pero tiene iniciativa. Un hombre viril, vaya. Un hombre de verdad. Cada vez que pienso en su piel en contacto con la mía, me siento desfallecer. Pruebo a concentrarme en otra cosa, pero no puedo. Un viento loco se ha apoderado de la ciudad. O quizá sea que mi mano en la suya desencadena los elementos.

El viento ábrego nos obliga a doblar el espinazo y a aflojar el paso. Trata de deshacer el nudo de nuestras manos, aunque ambas se resisten. Con otra mirada tierna me pide permiso sin esperar a obtenerlo. Cuando sus dedos se sueltan de los míos, tengo la impresión de que me han arrancado un miembro, aunque solo llevamos andando veinte minutos. Pero su brazo poderoso toma el relevo, se estira y me rodea la espalda. Su mano me sujeta el hombro y nuestros cuerpos forman un escudo frente a Éolo. Me siento viva. Ferozmente viva. En brazos de un desconocido, en una ciudad de la que no sé nada, no tengo miedo. Sea cual sea el resultado de este encuentro, era necesario que tuviese lugar, estoy segura de ello. Es tan natural que debía estar escrito de antemano.

Descubro la ciudad tal como Rafael la ha hecho suya al cabo de dos años. También él es un refugiado. Hago como que no sé nada de esa guerra que ha devastado su mundo, nuestro mundo. Lo escucho con atención, oculto mis emociones y de vez en cuando finjo sorprenderme. Casi tengo la sensación de que descifra mis pequeñas mentiras en tiempo real y se divierte. Pero no es posible, mi acento francés es perfecto, y por precaución economizo las palabras, al estilo de Madrina. Uso con moderación mis ademanes, como dice ella. Nuestra tarde acaba con una visita a su domicilio. Rafael tiene alquilada una habitación en una comuna de artistas. Es extraordinario. A pie de calle viven los alemanes. Un pintor, un director de teatro y dos novelistas se dedican cada uno a lo suyo en medio de una calma olímpica. En el primer piso se berrea en italiano, en todos los sentidos. Un par de escultoras, un tallista, un autor teatral, una bailarina, un especialista en la *commedia dell'arte* y un cantante hablan de todo con vehemencia. En el segundo piso, españoles pintorescos reniegan sin cesar.

De repente siento en la garganta una espina de melancolía. Pienso en mi antigua vivienda, en cuánto se parece a esta. Con lo harta que estaba y las ganas que tengo ahora de tenerlo cerca. También a mí me gustaría llevar a Rafael a mi pequeño mundo y sentirme tan orgullosa como él lo está del suyo. Pero es demasiado tarde. Esta comuna es una ilusión. En el exterior todo es igual. En el exterior hay hostilidad contra el extranjero. Todos se respetan en casa de Rafael, pero es pura apariencia. Las leyes que reinan en el interior no son las de la calle ni son universales. Y eso no es libertad. La libertad es poder ser uno mismo en el interior y en el exterior.

Rafael y yo hablamos durante toda la noche. Nos interrumpieron sus dos palomas que volvían a la jaula.

—Hari, Mata, os presento a la que hoy ha encendido la luz en las tinieblas de mi presente. Se llama Joséphine. Joséphine, estas son Mata y Hari.

Les suelta los aros de metal que llevan en las patas y se los guarda en el bolsillo mientras me anima a que le hable de mí. Le digo que mis padres murieron en un accidente y que me fui porque ya no me quedaba nada. Soy breve. Él no insiste. Me habla a su vez de los suyos, de su pueblo, bombardeado hasta que no quedaron más que cenizas. Evoca España como si yo fuera extranjera para él. Me gusta eso. Sus palabras enaltecen los colores de nuestra bandera. Se exalta mientras se sumerge en su memoria para adornar la historia con detalles y, sin darse cuenta, me destroza con recuerdos que son también míos. Me cuenta la vida de cristalero que llevaba antes, la simpatía en el trato con los clientes, los trueques, los pequeños favores. Me cuenta la vida de cristalero que lleva ahora, las exigencias desconsideradas, la falta de educación con que lo tratan los franceses. Le gustaría pasarse todo el día tocando la guitarra y escribiendo poemas, pero ha de ganarse la vida.

No lo ha dicho todo. Me doy cuenta. Y sus continuos ensimismamientos lo confirman. Pero ¿cómo echárselo en cara cuando yo misma estoy envuelta en una red de mentiras? Empuña la guitarra sin dejar de hablar. Yo ya no oigo lo que dice. Cada acorde que desgrana sin pensar pone al descubierto todo lo que yo oculto. La ausencia. La ausencia mortal. De los míos, de mi tierra, de toda la vida que ya no existe. No quiero oír esta música, no soy capaz de curar a la niña que fui, solo de enterrarla provisionalmente con el fin de vivir un poco.

Me acerco y apoyo una mano en las cuerdas para que pare, antes de que se me descuelgue una lágrima de los ojos. Rafael toma el gesto por una invitación a besarme. Es el malentendido más maravilloso, la casualidad más extraordinaria y dulce que me ha dado la vida. No me resisto, me abandono, me entrego. Sucumbo sin reservas a sus besos, a sus caricias, a todo su ser, que me envuelve como la seda. No parece una primera vez. Más bien una coreografía ensayada por nuestros cuerpos durante horas para alcanzar tanta fluidez. Pero la danza se ejecuta poco a poco, a medida que nuestras pieles se familiarizan con la lentitud y la escucha, con lo que el placer puede tener de más sagrado y más místico. Viajamos en el cuerpo, obedeciendo a las sensaciones propias y del otro. Este silencioso diálogo, interrumpido ocasionalmente por nuestra respiración salvajemente breve, es de una pureza bíblica. El contenido, por suerte, no es muy católico, ah, no. Pero ningún gesto es indecente si está guiado por el amor y la confianza en una voluntad común, ¿verdad? Como es lógico, quiero complacerlo. Pero sobre todo soy espectadora de lo que se metamorfosea dentro de mí, sorprendida y deseosa de saber más. No busco simplemente darle placer, también estoy concentrada en mi incipiente voluptuosidad. Por eso esta primera vez es tan maravillosa.

Cuando abro los ojos el día siguiente por la mañana, Rafael está sentado junto a mí y me mira con ternura. Un cazo con café humea en un hornillo improvisado y en la sartén se tuesta un trozo de pan. Por la cabeza me pasa la idea de que he sido una atolondrada por haber seguido a aquel hombre y por haberme entregado a él tan pronto. Pero dura menos de dos segundos. Algo dentro de mí sabe perfectamente qué hago allí. La escena que se desarrolla lo explica con toda claridad.

Sus labios saben a regaliz. Rafael es un hombre nervioso y por eso mastica palos de esta raíz. Cuando acaba con las reservas del calabrés del primer piso, la emprende con ramas de hinojo silvestre que recoge cuando paseamos por el jardín botánico. Rafael conoce a casi todos los españoles de la ciudad. Oculto mi rubor cuando me dirige piropos que en teoría no debo comprender. Y no los comprendo todos. A veces dice que soy su libertad, que soy el pulmón que Dios le envía para que pueda respirar por fin, que soy los ojos que le hacen ver que quizá el mundo no esté totalmente jodido. Yo creo que a mí no me ocurre lo mismo. Desde que soy Joséphine Blanc, ha cambiado todo y la humanidad me parece todavía más detestable. Amar a Rafael no cambia nada. Me reciben amablemente en las tiendas, encuentro fácilmente un empleo de zurcidora, con un salario justo, y oigo los comentarios sin filtro que hace la gente sobre los inmigrantes. Escucho sus idioteces y las admito con aire de entendida. Me indigno, me desbordo, pero la procesión corre por dentro y me callo. Lo que dicen es falso. Es injusto. Manifestarlo me desenmascararía. He alcanzado la libertad de existir, pero mi libertad de expresión murió con mi cambio de identidad. Tengo las manos atadas. Debo soltarme para no explotar. Rafael debe saberlo. También yo quiero saberlo todo. Ya estoy harta de este secretismo romántico. Quiero que seamos transparentes el uno para el otro a partir de ahora. Ser Rita desde el momento en que entro en la habitación que Rafael y yo compartimos desde hace ya diez meses. Ser Joséphine desde que cruzo la puerta para afrontar el mundo exterior. Puede que sea la mejor solución.

—*Gatita mía,* ¿de veras piensas que hiciste creer a un gato que eras un perro? Si fueras un pájaro, podrías convencer a un gato de que eres un perro. Pero cuando se encuentran dos miembros de la misma familia, por diferentes que sean se reconocen, sin la menor duda. Adiviné las razones de tu mentira. Comprendí tu necesidad de ser reconocida y aceptada, e hice como si creyera lo que decías. Pero no nos enamoramos por casualidad. Ahora soy tu casa y tú la mía. Nos hemos dado más que amor, un comienzo nuevo, un punto de referencia, un punto de arraigo, eso que nos faltaba a los dos desde el exilio. Pero volveremos a conquistar nuestro techo, el verdadero, te lo prometo, *amor mío,* y repoblaremos España con niños felices. Por eso me iré dentro de algo más de un mes. *Ida y vuelta.* Miguel y Pascual vendrán conmigo. Llevaremos víveres a los guerrilleros que pasan hambre. Necesitan recuperar fuerzas para derrocar al régimen del *hijo de puta.* Hay en marcha un atentado. Tendremos una reunión cuando lleguemos, organizaremos inmediatamente algunas cosas para los guerrilleros y dentro de dos semanas, tres a más tardar, me volverás a besar.

Rafael no es un simple exiliado. Es un fugitivo. Un *enlace*. Los *enlaces* son poco numerosos y se escogen con pinzas. Son hombres de confianza. Algunos se han hecho de los maquis para no abandonar el país. Rafael participa en todos los envíos que se hacen desde Francia para ayudar a la guerrilla antifranquista. Habla de correspondencia y de víveres, pero yo he encontrado, debajo de nuestra cama, recambios de armas que aparecen y desaparecen como por arte de magia. Hacer preguntas me habría obligado a hablar a mí también, cuando hasta el momento he tenido la boca cerrada.

Un *enlace* es también un agente de información. Y sí, tener palomas no era solo un capricho. Franco controla toda la información en España, lo cual dificulta la acción de los guerrilleros. La rebelión trata de burlar esta férrea tenaza con algunas maniobras. La guerra continúa en la sombra. Empezando por los periódicos clandestinos que cuentan lo que ocurre realmente. Y no es nada bonito. Desde el fin de la guerra, los españoles viven en la más absoluta pobreza. Puede que papá y mamá no estuvieran totalmente equivocados. Aquí por lo menos matamos el hambre. O casi.

Rafael me cuenta que hemos estado a punto de liquidar al *Caudillo* en tres ocasiones. Las tres veces se libró por los pelos. Los periódicos franceses no dijeron nada. Franco, por su parte, también censura estas noticias para no empañar ante los ojos del mundo su imagen de personaje dotado de poderes superiores. Eso es porque no tiene en cuenta a mi toro bravo. Rafael tiene el arrojo del que se pone en marcha con algo de retraso. La cólera de las víctimas que no sufren. Es un contestatario que no tiene que demostrar nada, un hombre impulsivo que, sin embargo, ha madurado y medido las consecuencias de sus actos pasados. Su principal preocupación es proteger a su especie, incluso a los peores elementos, pues parte del principio de que nadie nace realmente malo. Apacigua mi furia con su visión de las cosas. Yo mataría a Franco con mis propias manos, pero Rafael preferiría verlo entre rejas. Yo soy la violencia. Él, la templanza. Lo contrario de lo que nuestro aspecto físico podría hacer creer. Parecemos David y Goliat. Mi delgadez roza la transparencia, su armazón es maciza. Tengo que ponerme de puntillas para llegar a sus labios, incluso cuando me ayuda doblando su flexible cuello hacia abajo. Esa situación le hace reír. Siempre acaba por levantarme del suelo para facilitar la tarea. Entonces, para no pesarle tanto, lo rodeo con las piernas como si fuera una pequeña mona abrazando un árbol. Pero Rafael podría sostenerme con el meñique si quisiera.

Amo. Soy amada. Me siento protegida. Y poco a poco tomo conciencia de que no necesito nada más.

Hace ya catorce días que se fueron. *Madre mía,* ¿qué estarán haciendo? Desde ayer bajo cada cuatro horas para pedir a Ulrich que silbe en mi lugar. Mata y Hari deben de ser germanófilas, porque cuando las llama Ulrich acuden. Es el único que las domina. Aparte de Rafael, claro. Tienen sus manías, pero a él lo aprecian, vete a saber por qué. Yo nunca he podido ablandarlas. Las manos de Rafael están llenas de caricias, para ellas y para mí, pero ellas no lo ven del mismo modo. No me hacen el menor caso, recordándome que no siempre gustamos a todos.

Tercera noche sin pegar ojo. Descubro las preciosidades que ha escrito sobre nosotros en su cuaderno de poemas. En las últimas páginas imagina ¡el porvenir maravilloso que podríamos tener! Es tan optimista que está dispuesto a todo para que sea un futuro de ensueño. Pienso que está chiflado y eso es lo que me gusta de él. Cuando se apunta hacia lo imposible se puede esperar cualquier cosa extraordinaria. El campanario de San Saturnino perfora las nubes como la angustia que tengo clavada en las entrañas. Me acuerdo del edificio. De los vecinos de los pisos inferiores que se fueron al frente y no volvieron. Ninguno tenía la envergadura de Rafael, no había ni punto de comparación, pero pienso en ellos de todos modos. Es fácil angustiarse cuando no se sabe nada. Sé que no debería inquietarme, que su camino es largo y escasos sus medios de transporte, pero su ausencia me impide pensar de un modo razonable. ¡Qué vacío se siente este cuerpo mío cuando Rafael no lo llena con su amor y su energía!

Con él todo parece posible. Vuelvo a fantasear. Antes era uno de mis pasatiempos favoritos: me sentaba en un banco y me arrullaba mecida por las ilusiones que me suscitaban los viandantes. Cuando salí de España dejé de hacerlo. Una parte de mí se quedó atrapada allí. Dejé atrás a la niña soñadora y frívola que era. Debió de perderse en los Pirineos. La abandoné como a una pena. Sin explicaciones, únicamente porque sabía que mantenerla con vida perpetuaría el dolor. Había que elegir.

En ocasiones vuelvo a encontrarme con aquella chiquilla, cuando estoy con Pepita, la madre de Rafael. Pepita la adivina, la siente, la quiere y de ese modo la resucita. Me gusta que vuelva a traerla con sus preguntas, que la compadezca, que me estreche hasta asfixiarme durante largos minutos tras arrancarme gruesas lágrimas. Hay un mundo entre su ternura y su pasado de combatiente. Este ratoncito estuvo en el frente. Pepita. Un metro cincuenta y cinco, cincuenta kilos, comprometida hasta las cejas, fusil al hombro, sumergida en un mar de machismo y testosterona. ¡Habría valido la pena verla! Fue secretaria de la oficina de las Juventudes Libertarias tras resultar herida y luego tuvo que huir para «salvar *el culo*», como decía ella. Lee a los demás, se vuelve bálsamo que calma o fuego que enardece. Conmigo es el ungüento más suave. Nos escuchamos. Cuando te invita a hablar, a que te rindas, incluso a sacar lo peor de ti misma, es inútil resistir. Lo conseguirá. Lo sabrá todo. Sin violentarte. Porque «es bueno sacar de la mochila de vez en cuando lo que ya no sirve. Alivia los riñones». Me dejo llevar porque sé que quiere lo mejor para mí. Por su forma de ponerse detrás de mí y coger mi mano para amasar los *churros*. Por la cesta que me deja todas las semanas en el descansillo con *mantecados* de chocolate, cuando sabe perfectamente que Rafael no los prueba nunca y que a mí me encantan.

La primera vez que vi a Pepita fue precisamente en el descansillo. Fue hace apenas dos meses, aunque parece haber pasado mucho más tiempo. Rafael acababa de salir y, cuando oí que llamaban, corrí a la puerta, creyendo que había olvidado algo. Con un simple camisón, un vaso de café en la mano y el pelo revuelto, me quedé boquiabierta frente una mujer que gritaba:

—*¡La anciana de tu madre ya ha regresado, mi niño!*

Era innegable que yo compartía más que el café con su hijo. Era innegable que había sido ella quien había dado aquellos ojos de jade a Rafael. Me escrutó de abajo arriba y de arriba abajo. Acto seguido abrí la boca y le tendí la mano para acabar con el escaneo.

—Joséphine. Mucho gusto.

—Mucho gesto es lo que veo yo... *¡Mi amor, por favor!*

Nunca habían puesto en duda la credibilidad de mi pequeño disfraz de francesa. ¡Y con todo descaro, sin el menor miramiento! Tras lo cual decidí quitarme la máscara, pues aquella famosa noche en que hablé con Rafael me confesó que no lo había engañado en ningún momento. Cuando una madre quiere proteger a su hijo, lo consigue con una sola frase, como por arte de magia. Ella me descosió los labios, seguramente para que Rafael se enterase, y debo confesar que me sentó la mar de bien.

Ya en nuestro segundo encuentro me presenté como Rita y me sonrió con complicidad antes de llevarme a la cocina para someterme a un interrogatorio-confesión-psicoanálisis inteligentemente dirigido. Al principio, me inspeccionó, examinó y diseccionó de nuevo, pero como encontró puntos de coincidencia entre nosotras y nuestra historia, muy pronto me dio muestras de sentimientos sinceros. Me desahogaba a gusto con ella, incluso yo misma me sorprendía: supongo que el licor de pera que me bebía educadamente cada vez que me servía ayudaba bastante. A ella, en cambio, el alcohol no parecía hacerle ningún efecto.

Cariño, seguro que por lo que digo imaginas que era una mujer guapa. Ya puedes olvidarlo. Distaba mucho de ser joven. Parecía más vieja que el mundo. Tenía tantas arrugas que me preguntaba a qué edad habría dado a luz a Rafael. Cuarenta y cinco años más veintidós solo suman sesenta y siete. ¡Había tal abismo entre su aplomo y su aspecto!

Me gané su confianza abriéndole mi corazón, mi cabeza y mis entrañas. Acepté sin rechistar cuando la loba me puso entre sus patas, al calor de sus otras crías, como si fuéramos de la misma camada. También ella empieza a estar preocupada. O quizá no. ¿Espera de mí que sea fuerte o que comparta mi ansiedad con ella? Ante la duda, reprimo los deseos de visitarla. Si supiera algo, ya lo sabría; Pepita no me ocultaría las noticias.

Hoy es jueves y es, junto al viernes, la jornada más larga de la semana, dado que no trabajo. Hace solo tres semanas y media adoraba esos dos días. El martes empezaba a contar las horas, el miércoles ardía de fiebre toda la jornada y a las siete de la tarde era un volcán en erupción. Estaba fuera de mí ante la idea de volver a ver a Rafael y de no tener que separarme de él durante sesenta horas. Aunque se ausentase, era feliz preparándome, poniéndome guapa para cuando regresara, cocinando para él; mi imaginación hacía el resto. Rafael acogía mis esfuerzos con entusiasmo y mis resultados con deseo, y yo me inflamaba con los menores detalles.

Pero mi mundo ha sufrido un cambio radical. Cada martes veo el miércoles como un día contagiado por la ansiedad del jueves y el viernes. Paso esos dos días casi a solas con mi angustia, sentada en el alféizar de la ventana que da a la calle. Las manecillas actúan de árbitro. Mi obsesión es el reloj.

Los días desfilan lentamente. He encontrado mi ritmo en esta lentitud aletargadora. Todas las mañanas, cuando salgo de la comuna, silbo. Ulrich se asoma a la ventana y niega con la cabeza. Sigo mi camino y paso por casa de Pepita, que me ofrece un café. Me da *El Socialista* o *La Alianza,* cuando los consigue, y después de haberlos devorado ella. Los leo, pero por Rafael, «¡cuando vuelva necesitará saber todo lo que ha pasado y se ha dicho durante su ausencia!». Casi donde mejor me siento es en el taller. Y en el barrio donde trabajo por lo general. Allí ya no soy yo y me calma concentrarme en mi labor y en mi papel. Soy la tímida Joséphine, minuciosa y eficaz, tan discreta como trabajadora.

Esta noche vuelvo tarde. He aceptado terminar a las diez porque nadie me espera. Hago esto a menudo desde que se fue Rafael. Mi economía crece a ojos vistas, pero no puedo alegrarme. Me gustaría ir a la costa cuando vuelva Rafael. Creo que ya tengo suficiente para comprar unos trajes de baño y pasar tres días en un hotel a pensión completa. Puede que incluso para los billetes del tren. Y también para una tela con la que hacerme un vestido. Sé que cuando abra la puerta me comerá con los ojos. Se acercará a mí y me abrazará con un deseo casi animal que se transformará en un manto de ternura con el que me envolverá inmediatamente.

Esta noche hace frío, pero mis pensamientos y

proyectos me calientan. Ayer me atreví a decir por fin a Pepita que me moría de inquietud y me tranquilizó. Ella, para escapar de las redadas de las milicias, estuvo escondida tres semanas en un agujero, alimentándose de raíces y gusanos. Viene a decir que una ausencia de mes y medio no tiene nada de alarmante. Me miente, pero no me entero de nada. Al igual que yo, tiene los sentidos embotados. Sabe que el escondite de la tercera división ha sido descubierto e incendiado por los militares, pero nadie puede decir si han apresado o ejecutado a los guerrilleros, o si han llegado a escapar.

Vaya, ya es domingo, mañana es posible que tenga en las manos un periódico clandestino que leer con atención, Pepita debe de estar ya de camino a recogerlo. De súbito, un grito desgarrador me aparta de mis pensamientos. Reconozco la voz al instante y corro a la calle. Pepita. Empujo la puerta del granero donde los miércoles celebramos bailes con inmigrantes. Todo el mundo está allí. Solo se oye el viento que sopla en el exterior y, al fondo, dos respiraciones jadeantes. La comuna, los vecinos, todos los españoles del barrio rodean a Pepita y a la mujer de Miguel. Ulrich corre hacia mí cuando me ve llegar. Detrás de él, Pepita suplica entre lágrimas:

—*¡No se lo digas, no se lo digas, Ulrich, por favor!*

—suplicaba, arrancando una página de un periódico y llevándosela a la boca.

La escena es a la vez trágica e irreal. Quisiera que el tiempo se detuviera, que Ulrich no llegase nunca a mi lado. Que los quince metros que hay entre nosotros se prolongaran hasta el infinito para no oír nunca lo que está a punto de decirme.

—Rita. Se acabó.

Creo que vomité y me desmayé. El recuerdo es confuso. Han pasado tantas primaveras... Me parece que, cuando volví en mí, lo primero que me vino a la mente fue la imagen de mis padres. Los envidié. Ellos al menos están juntos. Si hubiera calculado el peligro, me habría ido con él. La cólera me invadió. Por suerte, el resto de los humanos tenemos eso, cólera. Cuando nos enfadamos con un responsable en potencia, se alivia un poco nuestro dolor. Volví a vomitar. Encima de mi vestido blanco y en el escote. Pepita está postrada. Callada. Lo ha expresado todo con un grito y ya no le queda más que el vacío. Su rostro está en calma y tiene la mirada perdida. Por sus mejillas corren gruesas lágrimas. En su cara no se mueve nada más. Vomito nuevamente. Ulrich me sujeta el pelo y mientras estoy doblada por la cintura el murmullo de consternación general enmudece de golpe. Levanto la cabeza, todos me miran con estupefacción. Tienen los ojos fijos en mis senos.

Aturdida, me miro el pecho y advierto que lo tengo muy hinchado. Mi primer reflejo es esconderme de sus miradas insistentes arreglándome el vestido. Entonces pienso qué enfermedad ha podido causarlo. Pero solo hay una enfermedad que hinche los pechos. Una enfermedad extraordinaria.

Me fui. Una vez más. Saber que un pedazo minúsculo de Rafael anidaba en mi vientre despertó en mí una necesidad visceral de regresar a mi tierra. Una necesidad de recuperar mi idioma, el color de mis paisajes, mi gente, el calor asfixiante y las siestas largas para escapar de él, nuestros ritos, nuestras risas y nuestras costumbres. No podía imaginar la desgracia que soportaban quienes se habían quedado. No podía imaginar hasta qué punto los nuestros habían vivido nuestra partida como un rechazo. No podía imaginar que allí me habían convertido en extranjera, en traidora, en una francesita pretenciosa. Los amigos, los niños que había abandonado eran ya hombres crecidos y la felicidad de los reencuentros con que había fantaseado mientras viajaba hacia ellos se me prohibió. En sus voces percibí el reproche, la distancia, como si el país entero me acusara de haberlo abandonado, cuando yo tenía la impresión de que era a mí a quien habían expulsado. Tus padres eran de aquí, pero tú, tú ya no eres de aquí, eres hija de otro lugar.

Estaba triste, pero en el fondo lo comprendía. Conocía aquellos sentimientos, aquella cólera, aquella injusticia. Me los sabía de memoria. Y por los míos ya no sentía más que respeto y comprensión. Decidí que no expondría mi punto de vista ni impondría mi presencia. Pero que elegiría mis combates. Mi combate. El de dar a mi futura criatura todo lo que yo no había tenido. En todo caso, lo que estuviera en condiciones de darle. Para no aflojar, le hablaba a mi vientre, que había crecido en apenas unos días.

—¿Sabes una cosa, *mi vida*? Todo esto nos importa un bledo, esta es nuestra historia, les guste o no. Yo seré tus orígenes y tú mis raíces, e inventaremos la vida que nos plazca. Iremos donde queramos, seremos quienes deseemos ser y juntos escribiremos un futuro fantástico. Yo te contaré nuestra historia y tú harás con ella lo que te venga en gana. Te explicaré que vienes de dos ramas de combatientes que cayeron por sus ideas. Te leeré el cuaderno que escribió tu padre con sus propias manos y con su corazón. Frases y poemas de hombres y mujeres que le inspiraron. Palabras suyas, sueltas y desordenadas, y fuego entre los renglones. Te enseñaré mi idioma y, si así lo quieres, será también el tuyo. Te enseñaré los suaves perfumes de la tierra de tus antepasados. Porque contigo tengo ganas de todo. Porque, si decides ir allí por tu cuenta, será para hacernos inmortales, a Rafael y a mí.

Con el cuaderno de poemas en el bolsillo, volví a abandonar España el mismo día que llegué. Hacia Narbona.

4
La partida de nacimiento

Cariño, guardé en la cómoda esta partida de nacimiento mucho después de que se expidiera. Antes de que encontrara un sitio fijo estuvo escondida en el doble fondo de la mesita de noche que me llevé de la vivienda. Este mueble me ha seguido a todas partes. No es que sea especialmente bonito o práctico, pero con su doble fondo me resultó útil en cada instante de mi vida.

Cuando vuelvo a Narbona y me encuentro ante la mirada reprobadora de Madrina, no llevo la cabeza bien alta. Entramos, y cuando mi hermana Leonor abre la puerta del obrador, veo en una fracción de segundo que en su rostro se suceden la sorpresa, la alegría y la perplejidad. Su cuarta emoción se pone de manifiesto cuando me arrea una fuerte bofetada. Es cólera. Durante la fracción de segundo siguiente me mira los pechos, el vientre, y me busca los ojos. En ese momento, tengo la clara impresión de que me voy a llevar otra. Pero no. Mi hermana me da entonces el abrazo más largo del mundo. Y a continuación me aparta suavemente para intercambiar una mirada con Madrina. Me vuelvo también hacia ella, que me pregunta con una sonrisa desbordante de picardía:

—*¿Y de quién es?*

Me vengo abajo. Mi hermana me sujeta para subir las escaleras y sentarme. Madrina hace salir de la cama a un andaluz que está en mi antiguo apartamento y las tres nos acomodamos. Hay tanto que contar y yo no tengo fuerzas. Ya no soy realmente yo. Las hormonas. El cansancio. O el dolor. Procuro sobreponerme poco a poco, ¡pero Madrina se muere de curiosidad! Cuando está así, casi nunca hay tiempo para vislumbrar el peso del silencio. Las palabras no surgen con naturalidad entre mi hermana y yo, y Madrina se pone a hablar sola, ofreciéndome el panorama de lo que ha sido de los antiguos inquilinos. No olvida los chismes, los exagera, los comenta, carga las tintas. Sabe ser tan refrescante. Siempre ha tenido mano para sacarme del abatimiento.

Esta vez sus esfuerzos son inútiles. No tengo nada dentro, solo desesperación. Miro a las dos a los ojos, ojos puros y picarones, oigo su acento, sus risas. Esto me reconforta, pero mi soledad sigue aumentando como un cáncer que se extiende. De súbito me viene a la cabeza mi hermana menor. Carmen está en la escuela. Tengo tantas ganas de verla. Pero antes hay que hablar.

Empiezo desde el principio. Por pedir disculpas. Y por dar explicaciones. Me escuchan con atención, unas veces ceñudas, otras con cara de admiración. Cuando se alejan para preparar unos vasos de *horchata*, me hago preguntas. ¿Creen que he tenido el valor para cambiar mi destino? ¿Se enorgullecen de que me haya atrevido a reivindicar una nueva filiación para emanciparme de un futuro que ya estaba escrito? Seguramente están resentidas conmigo. Temo el momento en que habrá que aclarar que me fuera sin decir nada. En el fondo sé lo que piensan de mí estas dos viejas luchadoras. El valor, el auténtico valor habría sido explicar e imponer mi decisión y darles noticias mías de manera regular. Sin duda piensan que he hecho alarde de un egoísmo sin nombre. Tienen razón, pero no lo comprenderé hasta tiempo después. He causado tanto pesar e inquietud a mis hermanas que, ante la actitud inquisitorial de Leonor, me avergüenzo como una niña. Está en su papel. Escucha. Quizás antes de sacudirme otra vez.

Llegamos a los hechos. Rafael. Cómo nos conocimos, nuestro amor, la comuna, la alegría, la independencia, su partida. Mi fluidez se ralentiza conforme me acerco a la conclusión de la historia. La excitación de evocar nuestro encuentro y nuestra vida cede el paso al miedo a afrontar el desenlace. Diluyo ahora mis palabras en los detalles para ganar tiempo. Que si los maquis, que si las compañías, las fechas, los lugares, los compañeros de lucha, sus nombres y apellidos, la madre de Rafael, su dedicación, los periódicos, mi trabajo, el reconocimiento de mis jefes, mis ahorros, mi autonomía... No escatimo los detalles para puntualizar y explicar lo que no tiene ninguna importancia. En mitad de una frase, y no precisamente de las más significativas, Madrina se queda boquiabierta, horrorizada. Se arroja entre mis brazos, me rodea la cabeza con las manos.

—*Cállate, mi amor, cállate, mi pobrecita, por favor...*

Leonor y yo estamos desconcertadas. ¿Qué he podido decir que la haya afectado tanto? Madrina está como trastornada y, acariciándome el pelo, susurra a mi hermana:

—Son los dos a quienes cortaron los dedos y sacaron los ojos. Rafael es el hijo de la Pepita, la de la oficina de la Juventud Republicana.

Creo que me he quedado en blanco. O en negro. Inmediatamente después de que Madrina dijera «Juventud Republicana». Una sucesión de imágenes y un momento en blanco. He recordado el silencio ensordecedor que se produjo en la granja cuando entré, he vuelto a ver a Pepita gritándole a Ulrich que no me lo dijera llevándose a la boca la página del periódico, he vuelto a ver mi vestido blanco manchado, a Pepita mirándome los pechos... Todo. En un segundo. Después, nada.

Cuando abro los ojos estoy acostada en mi cama, la misma que tenía antes de partir hacia Toulouse. Casi todo vuelve a estar como entonces. Incluso la máquina de coser. Es una vuelta atrás fulgurante. Estoy confundida. Durante un momento me pregunto si habré salido alguna vez de esta habitación en los dos últimos años. ¿Es posible que Rafael solo haya sido un sueño? ¿Un regalo efímero del hada del sueño, que quizá echó demasiados polvos mágicos en mi almohada? Una voz me saca de mis nebulosos pensamientos. Sufro un sobresalto. Me vuelvo.

—Has dormido diecinueve horas.

—¿Quién es usted?

—Vaya, pues sí que dejé huella en ti...

Su voz me suena, pero el cuerpo y el rostro de perfil que preparan una infusión no me dicen nada. Las sombras y la somnolencia no me ayudan. Es un hombre alto, delgado, no precisamente guapo, pero de una extrañeza encantadora, y en el timbre de su voz hay algo tranquilizador.

—Sabía que volverías.

—Pero, bueno, ¿quién eres?

—Estoy a punto de ofenderme, Rita. Es verdad que tuve una adolescencia tardía, pero aparte de la estatura y la barba, soy el mismo, ¿no?

Por su forma de querer complacerme con discreción acabo por reconocer a André.

—André —exclamo, un poco sorprendida ante la metamorfosis experimentada por mi antiguo protector.

Deposita un beso en mi frente. Eso me sorprende. Nadie, exceptuando Rafael, ha hecho una cosa así desde... desde mi padre. Mi padre. El pensamiento me resulta agradable.

—Pero Madrina me ha dicho que ya no vivías aquí, creo.

—Pasé ayer poco después de que te indispusieras para visitar a mis padres, que viven todavía enfrente, y me dijeron que estabas aquí. Desde entonces he estado viendo cómo dormías, por si no tenías fuerzas suficientes para llamarme por la ventana, si hacía falta —dijo sonriendo.

André ha cambiado. Cuando habla de mi indisposición, le doy detalles. Estoy a punto de perder el conocimiento otra vez, cuando recuerdo la causa del desmayo. Pero no flaqueo. Aprieto los dientes para que a mi criatura no le aterrorice la idea de tener que verme en menos de seis meses. Se diría que mis lágrimas demoradas quieren forzar la salida. No va a ocurrir. Rafael y su sangre viven en mis entrañas, de modo que resistiré, todo irá bien, no necesito a nadie. Mi criatura y yo no necesitamos a nadie. La madre que hay en mí despierta y se opone, o mejor dicho, se opone una vez más, a su destino. Le planto cara como el toro al matador en el ruedo. Sabe que ha de morir sin remedio, no se salvará, pero de momento combate, se enfrenta, conserva su dignidad.

Sin mi criatura no habría tenido fuerzas para superar esta pesadilla. Se lo debo todo. Mi fuerza, mi voluntad, mi valor. Todo. A ella y al recuerdo palpable de su padre. Me arrastra una fuerza salvadora; es Rafael, podría jurarlo, que me alza con sus brazos poderosos. Viajo ya con su mano en la mía y casi podría volver a dormirme.

He olvidado la presencia de André, que está sentado junto a mí. No dice nada. Deja que me recupere. Respeta mi ausencia hasta que apoya una mano en mi vientre. Me siento agredida por este contacto, pero habla antes de que yo tenga tiempo de reaccionar:

—No estáis solos. Aquí están tus hermanas, y Madrina, y mi madre, que sueña con confiar otra vez sus labores a tus dedos de ángel, y Luisa que iría al infierno por tu *pan con tomate*... Además, creo que conoces a Angelita, a Jaime y a sus hijos, ¿no? Poco después de tu partida ocuparon la habitación de tu hermana. Y está tu *tío* Pepe, que ha cambiado mucho desde que lo abandonó su mujer, no lo reconocerás cuando lo veas...

Estaba segura de que el vientre espectacular de Angelita escondía gemelos. Asimismo de que Jaime acabaría por encontrarnos. Como lo estaba también de que la vida le echaría el guante al cobarde del *tío* Pepe y de que un día regresaría con el rabo entre las piernas. Bien merecido. Si tuviera fuerzas, bailaría de júbilo.

La puerta se abre de pronto y aparece Carmen. Tiene el entrecejo arrugado. No cruza el umbral y me mira con furia infinita.

—Te odio, Rita —dice antes de arrojarse en mis brazos y echarse a llorar.

Lo primero que me viene a la cabeza es una tontería: qué chica tan guapa. La abrazo con toda la fuerza de mi debilidad para que sepa hasta qué punto la he echado de menos, cuánto he pensado en ella, cuánto la quiero y cuánto lamento haberla abandonado.

—No te dejaré nunca más, *amor mío*, te lo juro. Entiende mi comportamiento, cariño, deja al menos que te lo explique.

André se ha ido con total discreción. Siempre ha sido muy discreto. Centrado. Nunca cargante. Nunca llamativo. De carácter equilibrado. Nunca impetuoso. Nunca vehemente. Casi apático. Lo contrario de Rafael. Pero es prudente e íntegro. Todo el barrio se lo reconoce, y también yo, desde la primera vez que lo vi. Desde esa nota que me pasó por debajo de la puerta al día siguiente de que yo llegara al edificio: «Rita, vivo enfrente de ti, te he visto en la escuela y quiero que sepas que no todo el mundo odia a los españoles. Mañana, si te siguen molestando, permíteme intervenir. André». Me la tradujo Madrina, acusándome amablemente de hacer ya conquistas. Al día siguiente me dejó la misma nota, esta vez en español, y añadiendo: «Perdona por lo de ayer, soy un bruto, es probable que aún no sepas francés».

Carmen me asfixia entre sus delgados brazos y recupera el aliento para decirme:

—Ya no te guardo rencor, sé que el buen Dios te ha castigado más que suficiente. Ahora quiero que me lo cuentes todo. La libertad, tus amores... Pero detente antes de llegar al final. Detente antes de que se acabe lo bueno. Lo dejaremos antes de que tu novio se fuera de guerrillero. El resto lo sé a grandes rasgos y no me interesa.

Interrumpo a mi adorable hermanita. Quiere empaparse de mis aventuras para diluir su resentimiento. Es tal cual ella, como siempre ha sido.

—Bueno, entonces procedamos por orden, *mi amor*. Parece que la escuela católica te ha revuelto la sesera. Una razón de más para no abandonarte otra vez. Créeme, el buen Dios no tiene nada que ver con esto. La verdad es que pocas veces tiene que ver con algo. Y si tiene que ver con algo, entonces es un liante que no deja de armar *jaleo* y una máquina de causar sufrimiento. Que Dios se vaya al diablo, como decía mamá en sus buenos tiempos. Ven, échate a mi lado, te hablaré de Rafael como cuando te contaba cuentos de pequeña. Y cambiaré el final, como entonces.

Tras dos semanas de dormir quince horas diarias para borrar de mi memoria todo lo que me impedía seguir adelante, me reincorporé al trabajo. ¡Cuántas veces me había salvado esta rutina! Además, ver a

Leonor y a Madrina emocionarse por los progresos que había hecho lejos de ellas me ponía muy orgullosa. Para superar la tristeza decidí vivir sin Rafael como si él estuviera todavía allí. Como si fuera invisible. Una especie de reemplazo de Dios. Presente, pero sin estarlo. Omnipresente, creo que se dice. Que aconseja, guía, lo controla todo, como quien no quiere la cosa. Un alma que da vueltas a mi alrededor, que me protege, me juzga, y a la que he de rendir cuentas, bueno, en mi cabeza, en mis pensamientos. Pensé en mis padres anarquistas: papá, mamá, creo que ya está, que he elegido realmente a mi dios. Y se llama Rafael.

Mi hija nació una noche de febrero. Sin problemas y con una facilidad pasmosa. A las ocho, las primeras contracciones. A las diez, llegada de mi encantador ejército de asistentas. Sí, en aquella época, los partos eran asunto de mujeres. Entre nosotras, nada de pudor y una sola consigna: cuantas más chifladas tenga a su alrededor, más acompañada crecerá la criatura. Diez y media, empieza el parto. Leonor quiso ayudar a la criatura a salir; sabía hacerlo, estaba terminando los estudios de comadrona. Pero también estaba embarazada, de seis meses, y la madre de André y Angelita tomaron el relevo. Como el vientre de mi hermana era tan abultado como el mío en la etapa final, una ballena no era de ninguna utilidad en esa situación. Madrina cargaba con la botella de aguardiente mientras yo empujaba, dado que no teníamos nada más para desinfectar el cordón. Carmen fue a coger el *whisky* que Jaime tenía escondido en la escalera. Todos se rieron, porque Angelita se puso furiosa al enterarse de que su marido escondía alcohol. Y después se partieron de risa al imaginar la bronca que Jaime le echaría a Carmen. Y tenían razón, porque menuda le echó. ¡Entró gritando a mi hermana que no se delataba, incluso en caso de emergencia!

Eran las once menos cuarto y yo tenía ya a mi niña en los brazos desde hacía unos segundos. Jaime fue el primer hombre que la vio. Cuando sus ojos se posaron en el pequeño ser que acababa de venir al mundo, su furia se cortó en seco, despertando la carcajada general. Mi primer parto fue un acontecimiento asombrosamente alegre. André llegó cuando Madrina lavaba a la pequeña en la pila. Los reunidos se habían ido tras la llegada de un desfile de vecinas cargadas de regalos confeccionados por ellas mismas. Pasteles, tortas de sémola, paella, pañales, mantillas, prendas de ropa, mantas infantiles, de todo. Y todas, evidentemente, tenían algo que decir. Algunas me demostraban una lástima insoportable y me recordaban que Rafael no tocaría nunca a su hija. Casi todas, sin embargo, contribuyeron con algún consejo enternecedor, acompañado por algún infalible remedio de la abuela contra este o aquel problema propio de los niños de pecho. Unas hablaban ya del bautizo, mientras que otras fantaseaban con la aparición de la famosa abuela de la criatura, «la Pepita». Dando gritos, interrumpiéndose entre sí, me hicieron un repertorio de los chicos del barrio: sus medidas, su pasado, el tamaño del portamonedas, prácticamente ordenándome que eligiera uno lo más deprisa posible para que me ayudara a sostener a la criatura. Y además, para cortar de raíz el qué dirán, dado que no estamos en casa...

Con su lenguaje florido, una mezcla de español y jerga local fruto de los años pasados en Francia, habrían alegrado un entierro. Me habían protegido, ayudándome a guardar mi secreto durante seis meses, y era algo tan poco habitual que era de agradecer. Los locales decían que las españolas de nuestra calle «no cerraban el pico», mientras que nosotros las llamábamos *chismosas*.

Cuando entró, André miró a la niña con mucha ternura durante un largo rato. Nada parecía tener importancia ya, solo aquellos tres kilos de vulnerabilidad y amor que revelaban, sin desearlo, la fibra paternal del joven en cada gesto, en cada expresión. Luego me miró fijamente a los ojos. Sin darme opción a decidir, dijo:

—Esa niña necesita un padre y tú un hombro en que apoyarte. ¿Realmente estás dispuesta a enfrentarte a la opinión de los demás, como cuando llegaste? Las chismosas del barrio hablan peor de las madres solteras que de los inmigrantes. Tú misma los has visto en acción, ¿no? Rita, llevas seis meses enclaustrada en este edificio, y ha llegado el momento de redescubrir el exterior, con tu hija. Nuestra hija. No voy a dejar que lo vivas sin mí.

Al día siguiente el padre de André falleció a causa de un inesperado ataque al corazón. Fue al ayuntamiento a reconocer a mi hija. Este André, *mi pichoncita,* es tu abuelo. Sí, tu abuelo, ese que desde siempre se ha portado contigo de un modo maravilloso. Ahora puedes abrir el sobre. Es la partida de nacimiento de mi primer retoño, la hija de Rafael, que André crio con más amor que si hubiera sido suya.

Sí, *cariño,* el fruto de ese amor inconmensurable y de mi tragedia que no acabó tan mal es tu madre.

Ella nunca supo nada. En tu sangre y en la suya bulle toda la fuerza de España. Tú lo percibes, lo sientes, y lo expresas en todo lo que eres. En cambio, tu madre había tapado la olla y, cuando el contenido rompió a hervir, ya era demasiado tarde.

¿Sabes? Quise hablar con ella cuando aún estabas en su vientre. Al principio por egoísmo, porque para mí fue todo un golpe ser abuela, casi tan fuerte como ser madre. Si te fijas, la vida te está diciendo: «Fuiste hija y después madre, y ahora te encaminas hacia tu último papel: última parada y a continuación, zas, al cementerio». O sea que tenía ganas de liberarme y tomé conciencia del poco tiempo que me quedaba para sacar lo que había callado durante tantos años. Cuando envejeces, aprendes que los secretos de familia pueden gangrenarse, volverse corruptos y, en ocasiones, indetectables. Tu madre se negó categóricamente a saber nada y yo respeté su decisión, aunque guardar ese muerto en el armario no me parecía la mejor idea. Es posible que la abordara con torpeza, de forma previsible, ya me conoces, y es posible que le diera miedo. Pero si la memoria no me engaña, intenté explicárselo con rodeos:

—Hija, vas a dar a luz muy pronto y seguramente te haces muchas preguntas, ¿verdad? Yo, antes de que tú nacieras, me devané los sesos pensando, porque no sabía por dónde tirar. Me ponía a filosofar sobre la vida y, cuando me daba cuenta, estaba previendo lo que era como mínimo imprevisible del nuevo papel que ibas a darme. Definir el sentido de las cosas se volvía prioritario y me confundía sola con un alud de preguntas existenciales sobre, por ejemplo, el suicidio de mis padres. ¿Debía hablarte de ello? Y en tal caso, ¿cuándo? ¿Cuándo fueras mayor de edad? Al final, todo se hizo de manera natural, en consonancia con las preguntas infantiles. Y tú, ¿crees que es necesario revelar los secretos?

Tu madre, que no se parecía en nada a mí, me respondió con total tranquilidad.

—Mamá, un secreto existe para ser silenciado, por eso es secreto. Revelarlo es anular su existencia, convertirlo en humo, y entonces la venganza del secreto puede ser terrible —dijo sonriendo—. Yo los secretos, ni tocarlos. Los dejo tranquilos en sus cajitas. Es lo mejor, mamá, te lo aseguro.

Era difícil proseguir después de que se me mandara callar de un modo tan claro. Por eso, porque tu madre se negó a aceptar la responsabilidad, tú has pasado a ser la depositaria de los secretos y las llaves de la cómoda. Empezando por ese papel que por sí solo habría sido una revolución para tu madre, porque es la prueba irrefutable de que su vida se construyó sobre una mentira. En él consta el nombre de Rafael, tu abuelo biológico. No es un regalo, incluso podría ser una carga. Pero insististe tanto en que deseabas conocer tu origen, y mucho antes de que empezaras a estudiar Psicología, que creo que te lo debo. ¿Cómo es eso que dices tú? Ah, sí, saber de dónde venimos para saber adónde vamos.

5
La bolsa de semillas

Las semillas están en uno de los saquitos de peladillas con mi nombre bordado que se regalaron a los invitados el día de mi bautizo. A petición de mi madre, Leonor se lo llevó cuando nos fuimos de España. Qué tremenda misión para ella responsabilizarse de este tesoro. Puede que por eso me confiara definitivamente su custodia cuando André y yo nos instalamos aquí. Para librarse del papel de garante que sin duda la sometía a una maldita presión. En mi cómoda, las semillas no corrían el menor peligro y yo estaba tranquila.

Si miras al fondo de nuestro terreno verás ocho moreras, pues la de la izquierda es la que plantó

André poco después de que naciese tu madre. Es la más antigua y, sin embargo, *mira*, es la menos robusta.

Cada vez que hay un nacimiento en la familia, justo después de la llegada del recién nacido, se da al joven padre una simiente del saquito para que la plante con cuidado. Tu morera es la quinta. Tu padre tenía mano para las plantas. Es un árbol magnífico, ¿verdad? Esta tradición es exclusivamente nuestra. Nos encargamos de hacer que el brote crezca y lo cuidamos en los momentos más delicados de su desarrollo, con la esperanza de que su vigor repercuta en la buena salud de la criatura que le ha dado vida. Fue mi abuelo quien instauró la costumbre, en vistas de que estas semillas son lo único que teníamos en abundancia. Cuando miro el jardín, me digo que tuvo una idea ingeniosa. Cuando no tienes nada o, en todo caso, no tienes historia, o nada que te permita recordarla, compensa ver cómo crecen. Ver tu nuevo anclaje en el arraigo y crecimiento de estos árboles es como tener un pulmón enorme. Uno que trabaja a todo gas.

Es un espectáculo que vigoriza cuando todo lo demás nos desanima. Tan vivificante como mi hija Cali. En cuanto asoma la nariz, nos atraviesa el corazón con sus pupilas negras, exploradoras y decididas.

La inocencia de los niños, dirás. Las chispas que brotan de los ojos sin fondo de tu madre son prueba de que escruta, desmenuza, analiza. No hay ingenuidad ahí. Todo es inteligencia. A menudo frunce el entrecejo, como sumida en una reflexión demasiado seria para esa cocorota tan pequeña que tiene. Es adorable. Y al mismo tiempo inquietante.

Tu abuelo se dedicó desde el principio a desafiar las leyes de la modernidad. Solo importa Cali. Ninguna otra cosa a su alrededor. Bueno, sí, su trabajo, naturalmente, y André encuentra en él un gran sosiego y una buena fuente de ingresos. Sus ojos «solamente para mí» se esfumaron cuando aparecieron esos ojos «solamente para ella». Y al pensar de nuevo en ello, Dios sabe que era inevitable que nos hicieran perder la cabeza. Totalmente. De hecho, tienes sus ojos, *cariño*.

Pero en los rasgos de tu madre, acentuados en el viaje a través de mi carne, veo a Rafael. También veo a tu abuelo, como si el amor incondicional que le entregó desde su primer aliento la hubiera moldeado un poco «a la francesa». Así todo será más fácil para ella. Solo hace falta dejar que las señoras decentes del barrio se traguen que uno de los suyos tuvo un desliz con una de las nuestras, pero en fin, cuando pase la conmoción..., lo que quedará es que Cali es una francesa a medias, «por parte de padre». Creo que esa solución es posible, para Cali, para mí. Hace tanto tiempo que tu abuelo me tiende la mano y me protege en silencio que todo lleva a creer que nuestra felicidad podría estar ahí. André no es Rafael, evidentemente, pero no lo lamento porque Rafael está todavía allí para darme calor. De un modo distinto. Nada más.

A veces me pregunto si André hace todo esto por mí o por él. Tu madre le da el papel de su vida, el que, al parecer, ha esperado siempre. Es posible que la muerte del padre de André, que se produjo casi en el mismo momento que la llegada de Cali, haya influido en algo. La pequeña ha pasado a ser la vida que ocupa el lugar de otra. Imagino que André vive con el fantasma de su padre como yo con el de Rafael. ¿Es por eso que ya no me ve? En su corazón ya no hay sitio para mí. ¿Tan pequeño es? Por desgracia, lo que es seguro es que está apenas abierto a este amor por él que hago crecer como las moreras. Yo tengo suficiente energía emocional para responder a las expectativas de André, de Rafael, de Cali y de los demás. Él no.

Lo creas o no, este hombre, que me hacía la corte desde años atrás, ha perdido el interés por mí cuando nuestra vida en común no ha hecho más que empezar. Y yo, cuando debería alegrarme por que mi hija reciba la doble atención que merece, me apago poco a poco. Dejo el edificio muy poco después del nacimiento de Cali. Los tres nos instalamos en una casa modesta, lejos del querido centro de la ciudad, donde los inmigrantes ponen color a las calles y los mercados. Mi alegría de vivir disminuye en razón inversamente proporcional a la cantidad de metros cuadrados que he ganado. Al igual que André, me concentro en mi pequeña y para mí solo existe ella, que por suerte reparte sonrisas por arrobas. Cuando estamos las dos solas, todo se vuelve sencillo y tranquilo. Rafael se pone entre nosotras y me susurra su alegría, el orgullo que siente al ver la madre en que me he convertido. Cali me calma, es verdad. En ese sentido me parezco menos a mi madre. Se comportó como un perro rabioso hasta el final, y la maternidad no cambió nada. Valga como prueba la última decisión que tomó.

Claro que si nos hubiéramos quedado... Si nos hubiéramos quedado, habríamos muerto durante la guerra, nos habrían torturado o asesinado, acusadas de ser portadoras de «genes rojos», o nos habrían obligado a vivir al lado de nuestros verdugos bajo pretexto de que la guerra había terminado. Lo peor es que la situación sigue siendo la misma. Poco antes de que nacieras, en España se decretó una amnistía destinada a borrar el pasado de todos los criminales de guerra franquistas. Pese a ello, los que apretaban los dientes durante años en espera de que la justicia reconociera algún día a las víctimas de Franco, que castigara a los asesinos y verdugos que cumplían sus órdenes, a menudo con perversa delectación, siguen con sus vidas. Cuando volví a España después de la muerte de Rafael, vi que la calle de mi antigua escuela había cambiado de nombre y ahora tenía el del general que había puesto precio a la cabeza de mis padres. Esa calle tiene todavía ese nombre, ¿no te parece cosa de locos? Sí, así he acabado por entender del todo esa forma de guerra tan especial que se llama «guerra civil». Los vencidos no vuelven a sus casas, como tampoco los vencedores, qué va. Los vencidos han de aguantar a los vencedores y ver cómo se pavonean por sus calles. Con nuestro dichoso carácter, eso habría sido insoportable. Mi madre era una contestataria, Leonor no tanto, pero sus convicciones políticas y sociales ocupaban un lugar tan prominente en su filosofía de vida como sus nalgas en una silla. En resumidas cuentas, todo el espacio. Al menos hasta que nació su hija. También a mí me ha cambiado Cali.

Es vertiginoso y extraordinario sentir cómo nace eso en nuestro interior. Dar la vida es recibir un fuerte golpe en plena cara. El golpe más hermoso del mundo, lanzado con el gesto más bello y la mejor de las intenciones... pero de todos modos en plena cara. Nuestra conciencia maternal, la de Leonor y la mía, si es que tal cosa existe, acabó seguramente por curar la llaga que nuestros padres dejaron abierta. Sé que nunca nada se antepondrá a mi hija, que su existencia dictará en adelante todas mis decisiones. Yo no soy como mis padres. Mi libertad es su felicidad. Mi papel más importante es el que Cali me asigna hora tras hora, día tras día y, por desgracia, también noche tras noche. A veces tengo la impresión de que llama a su padre y la impresión aumenta conforme la noche avanza hacia el día. Se diría que lo busca como busca mi seno, de un modo instintivo, visceral. Le repito que estoy allí, que su padre está allí, pero me doy perfecta cuenta de que esta criaturita olfatea la falta de una piel, de un olor, de una voz en su minúscula existencia. Entonces, mientras el cielo se oscurece y aparecen las estrellas, su llamada empieza a convertirse en un quejido, un sollozo.

Multiplico los gestos afectuosos hacia André y también hacia ella, con objeto de que vea que formamos una familia y se sienta tranquila. Asimismo porque Cali tiene ya diez meses y es hora de que construyamos nuestra historia, solo él y yo. Cuantos más días pasan, más crecen mis sentimientos hacia él, y también mi necesidad de contacto carnal. André no parece preocuparse por un porvenir amoroso, sino simplemente por un futuro familiar. Mi incapacidad para atraer su mirada hacia mis curvas me hiere hasta el extremo de volverme agresiva. Tengo tal necesidad de sentir que somos una pareja de amantes y no solo unos padres. Quizá lo esté presionando demasiado por acercarme a él de un modo tan escandaloso. Las preguntas y ponerme en entredicho se me comen por dentro. Mi juventud se lleva con ella su deseo de adrenalina y pasión. Mi personalidad, también.

Tengo que hacer algo antes de que la indiferencia de André me vuelva totalmente histérica. Voy al centro con mi pichoncito a la espalda para pedir consejo a Madrina. Es verdad que solo he conocido a Rafael y que no tuve necesidad de dar el primer paso, corrimos el uno hacia el otro por casualidad y el destino fue la *gasolina* de nuestros motores. La desvergonzada de Madrina ríe a mandíbula batiente cuando oye mi petición. En cuestión de hombres, todo le parece un juego de niños. Es verdad que desfilan sin cesar, que nunca se quedan hasta la madrugada, pero invitar a un hombre a compartir un momento de intimidad, ¡de eso sí que sabe mucho! No entraré en detalles, porque el asunto es demasiado delicado para que una abuela se lo cuente a su nieta, ¡pero cuánto nos reímos! Me voy con ropa interior de seda blanca exactamente de mi talla y más vieja que Matusalén, y con cierta euforia no exenta de incomodidad. También me siento un poco idiota, porque el desinterés que manifiesta André desde el nacimiento de la niña no presagia nada bueno para los futuros ataques eróticos. Tomo la delantera estirándome junto a él como cada noche, pero el nerviosismo hace que me olvide de los consejos de Madrina y me dejo llevar por el instinto y el deseo.

Mi iniciativa no es mal recibida, tampoco mal satisfecha, para tratarse, en fin, de todo un primer encuentro físico. Hay torpeza y poco ritmo, pero hay dulzura. Vuelvo a experimentar sensaciones familiares y ese estado de urgencia que falta tan cruelmente en mi vida cotidiana. Amo su olor, su piel, y terminaré por amar todo lo demás para agradecer el regalo que me hace siendo el padre de Cali. Aunque nuestros cuerpos no llevaron a la perfección el paso del baile de aquella noche, de todos modos se movieron al compás y sin alardes. Madrina, cuando supo que gracias a sus consejos iba a nacer otra criatura nueve meses después, dirá delante de todos los vecinos:

—Vaya con Rita. Basta con que un hombre la mire fijamente a los ojos para que se quede preñada.

Las palabras de Madrina surten efecto: desde ese día tengo la impresión de que los hombres del edificio bajan los ojos cuando se cruzan conmigo. Con su impetuosa seguridad habría hecho que la gente se tragase cualquier cosa. ¡Menuda pieza!

Llevo mal el segundo embarazo. Desde que nos mudamos fumo como un carretero para calmar la tremenda soledad que siento. André exige que lo deje, porque un amigo médico que ha trabajado en los Estados Unidos le ha dicho que podría ser perjudicial para el bebé. Es poco lo que puedo hacer ya en mi agujero cuando termino las faenas y acuesto a la pequeña, pero aun así... El paso que di hacia André no le motiva para poner en marcha el siguiente. Trabaja mucho y cuando vuelve no tiene ojos más que para Cali. Mis hormonas echan humo y encuentran insoportable este rechazo. Cuando apoyo la mano en la suya, la retira como si nada. Cuando le propongo ir a la fiesta de la vendimia a tomar unos vinos, rechaza la invitación con el pretexto de que está cansado. Me siento como un trofeo que se ganó peleando y al que ni siquiera se quita el polvo desde que encontró un lugar en la vitrina.

La impotencia me sumerge otra vez en la sensación de abandono que ya experimenté al conocer la decisión de mis padres. Como ya ocurrió entonces, el dolor me sale a borbotones. Géiseres de furia estallan a la menor detonación de un detalle anodino. Cuanto más sola me siento, más preguntas me asaltan el alma. Y cuanto más lloro, menos caso me hace. Me siento imbécil, fea, inexistente, repugnante..., tan desorientada estoy por el desamor que me inflige.

Trabajo un día a la semana en el antiguo edificio y Leonor cuida de Cali, que cultiva una relación muy estrecha con Meritxell, su prima hermana. Desde que es comadrona, libra los miércoles para recuperar la noche del martes. Cuando pienso que después de una noche de guardia empalma una jornada entera con nuestros dos monstruitos con faldas, me maravillo. Huelga decir que mi hermana mayor no tiene miedo de nada. Me sienta bien salir de casa, volver a ver paredes queridas que además me tranquilizan. Mis dedos de ángel se han vuelto torpes, aunque todavía me gusta coser. Antes viajaba cosiendo, me olvidaba de mí misma entre los minúsculos hilos del tejido, me fundía con ellos, me perdía entre ellos, era uno de ellos, de ese modo no pensaba y me aplicaba únicamente al buen resultado de la labor. Ahora ya no sé dejarme llevar, me he bloqueado. Incluso reír un poco con Madrina o mi hermana ya no cambia nada;

las lágrimas y las dudas me ahogan, y no consigo alejarme del huracán que me arrastra hacia el suelo.

Igual André me ha idealizado y la realidad no está a la altura de su fantasía. Igual ya no merezco nada. Igual lo que tuve con Rafael en menos de un año fue mucho más que lo que tiene la mayoría en toda una vida y ahora debo devolver mi felicidad para ser tan desdichada como los demás. Igual Rafael fue el único capaz de amar a una como yo. Igual me secaré como una pasa en esta agonía, y mis hijos serán la única fuerza vital que me sostenga en pie. Hasta que ellos también se vayan. Como su padre, que ve que una mujer como yo pide un poco de energía y mucho amor. Puede que hubiera preferido una relación diferente. Una mujer que se contentara con nada. Una mujer que dijera: «Me basta un hombre que regresa todas las noches». Menuda le ha caído conmigo al pobre.

Cincuenta años después sigo sin encontrar respuesta a estas preguntas. Tu abuelo no es muy hablador, ya lo sabes. Por eso baila. Al menos con eso expresa cosas. Dibuja con el cuerpo, ese saco de nudos que le ha hecho vivir sin darse cuenta y que yo no he entendido nunca. Si no hubiera tenido el baile, seguramente habría reventado, siempre guardándoselo todo. Peor que un español. Al menos nosotros nos comunicamos, nos entusiasmamos, incluso cuando nos desviamos de la esencia, de nuestras esencias, por pudor. También parloteamos sin cesar o protestamos, hablando de nosotros más de la cuenta. Incluso sin querer. Él no. Se diría que ninguna conversación que pueda mantener conmigo le parece digna de gastar saliva.

Doy a luz un 11 de enero. Un niño precioso, *fenomenal.* Lo llamamos Juan. André está tan orgulloso y contento que, mientras lo observo, me sorprendo soñando que este niño señalará nuestro renacer. Sueño con que el amor que siente por la madre que soy acabará engendrando amor por la mujer que hay en mí. Cali tiene casi dos años y está muy emocionada por la llegada de su hermanito. Se ha vuelto una auténtica mamaíta. Está inaguantable. O puede que yo ya no tengo tanta paciencia. Juan llora noche y día, no quiere que le dé de mamar y los curanderos y médicos que consultamos no saben qué le pasa. Ya no me quedan fuerzas y tengo los nervios a flor de piel. La distancia que hay entre André y yo llega al límite. Tengo una necesidad animal de encogerme entre sus brazos, de sentir que somos una familia en estos momentos difíciles. Cuando se lo comento a André, me responde que haber criado a Cali como a su propia hija y haberme dado otro hijo ya es ser una familia.

Pero yo hablo de contacto físico, de ternura, de diálogo. No de vivir juntos sin vernos.

Me siento aislada y me obsesiono por la causa del malestar de mi niño. André dice que exagero, que el pequeño está bien y que, aunque tuvimos suerte con Cali, casi todos los niños son como Juan, lloran y después se les pasa. Pero no me lo creo, conozco al niño que ha salido de mi vientre y podría jurar que hay algo que no va bien. Según André, el vínculo fetal, esa conexión física que no tiene el padre, no son más que disparates de mi mente.

Anuncio a André que me llevo a los niños a París para que hagan a Juan una revisión en un hospital especializado en enfermedades infantiles. Fue Leonor la que encontró este lugar. No le dejo elección y sus argumentos no cambian mi actitud. Me mantengo firme como una roca. Espero que diga: «Está bien, querida, me tomaré unos días libres y así afrontaremos juntos esta prueba…». Pero no.

Cali ni siquiera tiene tres años, pero se opone de inmediato a mi decisión porque quiere quedarse. Le explico que su padre trabaja demasiado y no podrá cuidarla. Calla un segundo y a continuación dice que la deje ir a casa de Leonor, vivir con su querida prima Meritxell durante mi ausencia. Cedo. Su padre se alegra de que se quede. Yo no. De todos modos me voy.

Juan parece mejorar en el tren de París. Me digo que lleva el viaje y el movimiento en la sangre, como yo. Me convenzo de que es eso lo que lo tranquiliza. Y la explicación me calma.

El contraste entre nuestra pesadilla y la belleza de la capital me resulta insoportable. A esta ciudad con la que tanto he soñado me dan ganas de darle una bofetada al ver cómo se pavonea, haciendo alarde de su lustre y sus luces, indiferente a nuestro desasosiego.

El diagnóstico es contundente. No podremos regresar a Narbona hasta dentro de varias semanas. Juan tiene cuatro meses y sus dolores le han causado una hernia. Hay que operarlo incluso antes de examinarlo con más detalle. Todo va atrozmente deprisa. Lo único de provecho es que Juan y yo nos conocemos por fin gracias al milagro de los analgésicos. Lo importante es que acaban con sus sufrimientos. Cuando los medicamentos surten efecto se pone contento y está tranquilo. La liberación que siente le permite fijarse más detenidamente en el mundo que lo rodea y es como si naciera por segunda vez. Nuestras miradas se zambullen en el otro, tomándose el tiempo para descubrirse en una exploración sin fin. Así pasamos casi todo el tiempo entre las consultas, las tomas de temperatura y otros análisis. Y mientras lo acaricio le cuento historias de hadas invisibles que revolotean a nuestro alrededor, de flores y pociones que nos hacen más fuertes que las ballenas y las enfermedades. Por suerte, recientemente la ciencia médica ha reconocido los perjuicios de la separación madre-hijo durante el proceso de curación y se me autoriza a estar junto a él noche y día.

Pasan los meses y aunque los médicos trabajan sin descanso para curar a Juan, la única e imprecisa explicación que nos dan es que tiene un tumor maligno. Sé que están perplejos y, como yo, desamparados frente a lo que tiene el pequeño. Los diversos tratamientos a que lo someten no surten efecto y el cuerpecito de mi niño se debilita día tras día por culpa de los productos químicos y los experimentos. Estoy de acuerdo con los médicos, no se le puede dejar de aquel modo, hay que probar todos los remedios. A veces doy marcha atrás, quisiera que dejaran de maltratarlo para aliviar su sufrimiento, pues sonríe mucho y su fuerza aumenta. Me llena de esperanza comprobar que, aunque no crece, espabila. La lactancia, facilitada por la desaparición total del dolor, o al menos por su desaparición casi total, se complica cuando le aparecen dos puntas de marfil en las encías.

—¡Ay! *No, no, no, no, mi amor,* no saldrá más deprisa porque me muerdas. ¡Bandido!

Se diría que los gritos que lanzo al sentir el pinchazo de sus dientes lo hacen reír. Entonces dramatizo, simulo exagerando la sorpresa o el dolor. Y ríe aún más. Un pequeño fragmento de felicidad en el pequeño mundo del hospital y la vida recupera por un instante su ligereza y su clemencia. Poco importa que me haga sangre en los pezones, me complace tanto ver que su hambre de pajarito se transforma en voracidad de león que dejaría que me destrozara los pechos si hiciera falta.

Ese fin de semana André trae a Leonor, Meritxell y mi dulce Cali a París. Todas las semanas le escribo a Cali una larga carta. Lógicamente, también es para André, que es quien se la lee. Procuro ser lo más amena y divertida que puedo al relatar la vida que llevamos en el hospital. Digamos que doy una versión de nuestra cotidianidad revisada y corregida para una niña de dos años y medio. Cali no necesita la violencia de nuestra nueva realidad. André, por su parte, me manda una breve nota todos los lunes. Es directa, práctica, con hechos concisos, punto. Hay más emoción en una lista de la compra o en los ingredientes de una receta que en sus mensajes. Después de la alegría de saber que Cali es feliz y está sana, es una decepción. Pero en fin, hoy al menos estará bien presente.

Hace ya más de tres meses que Juanito y yo estamos en París. El domingo me dice el médico que las defensas del niño se han debilitado mucho y que un simple resfriado podría poner en peligro su vida. Le respondí:

—Pues no se detenga, doctor, si hace falta, llevará escafandra hasta que su sistema inmunitario se recupere. Y mientras me la busca, nadie se acercará a él a menos de un metro sin mascarilla y sin haberse lavado las manos dos veces delante de mí. Ya ve, doctor, no tengo diez años de carrera, pero también encuentro soluciones.

Me sonrió y me dio una receta y dos frascos de medicamentos.

—Esto es para usted. No come ni duerme, Rita, y debe descansar. Poner su salud en peligro no resolverá el problema de Juan. Y además no es el único que la necesita.

Oí crujir la puerta y apareció la tierna carita de Cali. André entró detrás de ella y corrió hacia Juan para cogerlo en brazos. Cali se acercó a mí y durante unos minutos estuvimos abrazadas, llorando a lágrima viva. Leonor y Meritxell se pegaron a nosotras como ostras a la roca. Para mi hermana fue toda una hazaña. Leonor administraba su afecto con gotero, como los analgésicos de Juan. Yo apenas daba crédito a mis ojos, pero allí estaban, para dar amor a mi hijo, para distraerlo y darle calor. Me parecía irreal tenerlos allí, después de tantos días y tantas noches sin ellos.

Juan esperó a que su familia estuviese reunida a su alrededor para irse a un mundo nuevo en el que ya no tuviera que sufrir más. Lo tenía en brazos. Yo no lloraba ya. Quería que el pequeño solo viese la inmensidad de mi amor y mi felicidad por tenerlo conmigo, que no percibiera la amplitud de mi pena. Pena no es la palabra exacta. Ninguna palabra refleja aquel caos que sentía, aquella tristeza infinita, aquella cólera inútil. Por eso me saltan todavía las lágrimas cuando evoco la mayor tragedia de mi vida. No he vuelto a hablar de ella desde entonces.

Me fui del funeral en el momento de la inhumación. Fue superior a mis fuerzas. Algo me obligó a huir. Al final de la ceremonia, sin pensármelo dos veces, decidí ir a Toulouse para ver a Pepita. Solo ella comprendería aquello por lo que yo estaba pasando. Ella sabía lo que era sentir aquel desgarro en las entrañas, ver que te robaban la carne de tu carne. Ella me abriría los brazos y me acariciaría para que llorase hasta que se me agotaran las lágrimas. Pronunciaría palabras de consuelo y me daría el calor de su seno, como una madre. Solo ella tendría las palabras justas que necesitaba para recuperar las fuerzas y tenerme en pie. Me justificaba diciéndome que mi estado iba a ser un mal espectáculo para mi hija, pero si me marché fue por mí misma. Para reencontrarme.

Pasé por la casa para abrazar a Cali y decirle que estaría fuera un tiempo. Al abrir la puerta, me la encontré jugando con la vecina que había cuidado de ella durante el entierro. Se reían. Después de haber vivido unas horas abominables, el cuadro que tenía ante mí era tan hermoso que suspiré aliviada durante unos segundos. Pero las cortas respiraciones que caracterizaban la angustia permanente que sentía desde la muerte de Juan no tardaron en reaparecer. André no había permitido que Cali estuviera presente en el entierro. Yo había hecho todo lo posible para que asistiera. Aunque no comprendiese todo lo que sucedía, también ella tenía derecho a dar el último adiós a su hermanito. Cada vez que me veía desmoronada, repetía las palabras que me había oído pronunciar, un poco modificadas para adaptarlas al momento.

—No te preocupes, mamá. Juan volverá, cuando

haya descansado un poco en el cielo. Solo se muere de verdad cuando se es muy viejo, cuando se ha tenido una larga vida llena de cosas y cuando se está demasiado cansado para continuar. Así que seguro que vuelve, *mamá*. ¡Prometido! ¿Prometido?

Lo único que yo le prometí es que regresaría cuando hubiera recuperado las fuerzas, muy muy pronto, y ella me prometió a cambio ser buena con su padre y con la *tía* Leonor. Sin que yo se lo sugiriese. Para mí un reguero de lágrimas, para ella un reguero de besos y caricias.

Ante nosotras estaban las moreras, bañadas por el sol y mecidas por el viento. Era una imagen bonita. El árbol de Cali era muy joven, muy pequeño, muy frágil. Ella no. Ella era grande. Lo había comprendido todo.

6
El pañuelo azul

Sé que, para una portadora de genes rojos, conservar un pañuelo azul es una herejía total. Sin embargo, este azul dio color al resto de mi vida. Fue el azul de mi libertad. De mis decisiones. De mis sacrificios. Sacrificios que opté por hacer jerarquizando mis prioridades. Porque cuando me puse este pañuelo, di un salto en el tiempo. Desde que me lo puse alrededor del cuello no dejé de aprender y comprender, de perdonar y madurar. Luego, cuando volví a ser dueña de mi vida y me liberé de algunas cadenas, se quedó durmiendo en este cajón. Me estorbaba cuando quise recuperar el aire puro. Me impedía respirar. El recuerdo es bueno cuando te empuja. Si te frena o incluso te paraliza, entonces hay que hacerlo callar. Desaparecer no. Solo hacerlo callar, porque es posible que, en un momento dado de tu vida, necesites despertar el recuerdo para que hablen tus fantasmas. A poco que nos interesemos por lo que nos han dejado, tenemos mucho que aprender.

Sé que encontrarás feísimo este pañuelo y sonrío por adelantado. Relájate, *cariño,* no te pido que lo lleves, aunque si me atreviera, sabiendo que no podrías negarme nada dadas las circunstancias... Bueno, no te inquieto más, así que conténtate con escuchar lo que el pañuelo quiere contarte.

Acabo de subir al autobús, cuando siento que una mano me sujeta el brazo con una violencia inesperada y me detiene. Es mi hermana Leonor. Ha debido de encontrar mi carta. Carmen está detrás de ella, con los brazos cruzados. Con las cejas fruncidas y cara avinagrada, estas dos madres iracundas vienen a devolverme a las llamas de mi infierno.

—Baja —me ordena Leonor.

Obedezco, desafiándolas con la mirada. Pero ¿qué creen, señoras juezas, que es una decisión cómoda para mí? No pienso dejarme avasallar. Para ellas es fácil. Forman una familia, con un marido firme que pelea para no permitir que los resentimientos entren en su casa. ¿Un absceso en el seno de la unidad familiar? *Tío* Roberto lo extirpa antes de que se vea. Y Dios sabe que Leonor es difícil de contener, incluso es tan cerrada como André en su desencanto. Roberto, por amor, encontró todas las llaves para abrir las cerraduras emocionales de mi hermana, cuya función era acoger un sufrimiento y compartirlo para que no fuera tan intenso. Pero yo estoy sola, incluso me han quitado una parte, como si me hubieran amputado una pierna, y André no tiene interés por ser mi muleta, ni siquiera en este letargo.

—No puedes irte —me dice Leonor con una dulzura inesperada.

Estoy tan acostumbrada a oír sus sermones que no acaba de entrarme en la cabeza que la enfermedad y la muerte de Juan la hayan vuelto más amable conmigo. Más tolerante en cualquier caso. Veo como el autobús arranca.

—No puedes dejar a Cali. Te necesita. Tenerla con nosotros se ha vuelto demasiado complicado desde que Roberto se quedó sin trabajo. Él estará en la vendimia del *beaujolais* por lo menos un mes y yo voy a meter a Carmen en un internado para poder hacer el máximo de horas en el hospital, ¿cómo quieres que me haga cargo de la pequeña en esta situación?

—Pero Meritxell tendrá que quedarse en algún sitio por la tarde, entre la salida de la escuela y tu regreso, ¿no? No creo que cambie gran cosa si Cali se queda con ella. André irá a buscarla todas las noches, antes de la cena, y la llevará a la escuela por la mañana. Solo necesitas encontrar a alguien que las recoja a la salida y cuide de ellas. Yo lo pagaré. Coge el dinero que tengo dentro de la Virgen negra que hay en mi habitación, se abre por debajo, debería bastar hasta que vuelva. Te lo ruego, Leonor, hazlo por mí. Me volveré loca si me quedo. No estoy abandonando, solo busco los medios para ser más fuerte. Voy a Toulouse, a casa de Pepita, necesito respirar y calmar la cólera que siento. André ha optado por el aislamiento y no moverá un dedo para tranquilizarme. Yo no puedo afrontar todo esto ahora. Tampoco la mirada de las personas que me recuerdan continuamente la pérdida de Juan.

Nada más pronunciar la última frase, Leonor echa a correr detrás del autobús, agitando los brazos como una loca para que se detenga. El vehículo da un frenazo. Mi hermana me grita:

—*¡Corre, corre!*

Abrazo a Carmen apresuradamente. Leonor me

indica con las manos que me dé prisa cuando, al llegar a su altura, me detengo para abrazarla. Y empiezo a correr. Quisiera correr hasta morir. Quisiera que la distancia que me separa del autobús aumentara mientras corro, para que el agotamiento me mate antes de que termine el camino. Quisiera desaparecer, mejor dicho, no haber existido en absoluto. Quisiera que ningún futuro me esperase. Pero Cali es el candado que hace de mi prisión una fortaleza. Por ella volveré a esta vida que detesto en todos los sentidos y sobre la que ya no tengo ninguna influencia; por ella me enfrentaré al recuerdo y solo conservaré lo mejor de él; por ella no abandonaré a su padre; por ella no me creo con derecho a hacerlo. Aunque me niego a ver a mi hija como la causa de mi encierro, es una de las razones por las que me alejo. Para volver a encontrar la libertad o al menos la sensación de esta; para que Pepita me recuerde que todo es posible. Estar convencida de que volveré me libera un poco de esta culpabilidad abrumadora, pero me cuesta estar convencida del todo. Aunque basta con eso para dejarlo todo sin fecha de regreso, para no cambiar de parecer. Pero no para impedir que ahogue en lágrimas a los otros pasajeros de esta pecera con ruedas que mi tristeza llena a ojos vistas.

Hace un calor de muerte en el autobús. Ha sido necesario llegar al final del trayecto para darme cuenta, tan enfrascada estaba en mi dolor. Mejor así. El autobús se detiene en la terminal. Al final de esta se encuentra la estación donde mi vida cambió para siempre. En mi campo visual, la terraza donde Rafael se me apareció por primera vez. Tengo la impresión de verme a mí misma levantándome, de verlo cruzar la calle, de que todo empieza de nuevo. Como ya conozco la historia, fantaseo con que podría cambiarse el final. Mi viaje presente es un viaje en el tiempo. Un rebobinado de cuatro años y la esperanza de reanudar la vida donde empezó con Rafael. De todos modos, aunque no pueda cambiar el desarrollo de los hechos, quiero revivir cada uno de los instantes, a cámara lenta, para sacarles el máximo jugo. *Quiero, quiero, quiero.* Esta expresión de un ferviente deseo que me late en la cabeza es casi un conjuro. Pero si mi magia de pacotilla no funcionó en su momento para resucitar a mis padres, no hay motivo alguno para que funcione ahora con Rafael.

Recorro de nuevo el camino que seguimos el día de nuestro encuentro, tropezando con los viandantes cuando cierro los ojos para que el fantasma de Rafael, desaparecido poco después del nacimiento de Juan, vuelva para cogerme de la mano. El camino es corto en comparación con el que tengo en el recuerdo. Estoy delante de la casa de Pepita. Incluso antes de llamar oigo en mi cabeza su voz que grita desde el fondo de la casa: «*¿Quién eeeees?*», y se me escapa una sonrisa al pensarlo. Pero es Ulrich quien abre la puerta. Nos abrazamos. Ha envejecido, resulta turbador. ¿Qué aspecto tendría hoy Rafael? ¿Parecería también abatido por el exceso de combates inútiles?

No oigo la voz de Pepita y me angustio. Me doy cuenta de que no ha visto nunca a Cali. Pero es como si la conociera por las muchas preguntas que me ha hecho sobre ella en sus cartas. A las que no he dejado nunca de responder. La ininterrumpida relación epistolar que mantenemos me ha sido a menudo de mucha ayuda. Ahora que la lucha clandestina agoniza, seguramente podrá recuperar el tiempo perdido con Cali. Qué orgullosa estará de conocerla, porque en la realidad es más extraordinaria que en las descripciones no poco halagüeñas que le he hecho en mis misivas. Hay que verla y oírla hablar como una mujercita para darse cuenta de su categoría. Se diría que ha heredado lo mejor de sus dos padres. Es simpática, jovial, creativa y astuta. Es minuciosa, comedida y razonable. Hace más de dos meses que escribí a Pepita por última vez y, con las prisas, no he tenido tiempo de avisar de mi llegada. Con tal de que esté allí...

Ulrich me pregunta si estoy al corriente del estado de Pepita y el corazón me da un vuelco. La mujer aparece por fin y mientras se acerca me hace con las manos unos gestos que no acabo de comprender. Me estrecha entre sus brazos. Su energía me impresiona una vez más. Apenas se asombra de verme. La acoso a preguntas mientras me interrogo interiormente acerca de su extraño mutismo. Se aleja un momento y vuelve con una pizarra y una tiza. Escribe: «¿Juan?». Aventuro un breve no con la cabeza, pero la emoción me invade. Por suerte, las muestras de afecto de Pepita dicen tanto como sus palabras, que allí, entre sus brazos, no echo en falta. Pepita es la única persona que conozco que entiende el horror de perder a un hijo. Sabe lo que es el infinito desamparo que se siente por dentro, el vacío visceral, la aniquilación de las fuerzas, el deseo de morir, la culpabilidad, la mirada de los demás, el recuerdo. Ulrich rompe el extraño y húmedo silencio.

—La última frase que pronunció fue la que me dirigió cuando se enteró de la muerte de Rafael. No quería que supieras cómo había ocurrido. Desde entonces, ha perdido totalmente el uso de la palabra, *cariño*. Totalmente.

Pepita se queda mirando al suelo. Contiene las lágrimas. Trato de leer en sus ojos vidriosos lo que no he sabido comprender. No me lo confirman. Parecen arrepentidos.

—Pero ya la conoces, su estado no le impide decir de todo sin cortarse un pelo —añade Ulrich sonriendo. Pepita, a modo de comentario, le da un capón maternal en la cabeza y recupera su sonrisa carnívora—. Quien nace tigresa, tigresa se queda —apostilla Ulrich en son de guasa.

El hombre recibe otro capón. Ríe, pero recupera la seriedad enseguida. Intuyo que quiere decirme algo.

—Quería protegerte, ya sabes —prosigue Ulrich.

De súbito, la cara de Pepita arde de ira. Como nunca antes la había visto. En el fondo de sus ojos se dibuja la imagen de Rafael y toda la sangre derramada inútilmente los cambia de color. Trato de calmarla confesándole que supe muy pronto lo que le habían hecho a Rafael.

—Ya lo sé, Pepita. Quiero decir... los detalles. No te preocupes, *mamá*, lo sé desde hace mucho tiempo.

«Cambia de conversación, deprisa, cambia de conversación», me digo.

—La gente habla mucho de ti, Pepita, te has convertido en un símbolo de la resistencia. No me daba cuenta, pero lo supe cuando volví a Narbona. Rafael también es importante para nuestra gente, hoy derrotada. Se sacrificó y nadie lo olvidará.

Me siento obligada a adornar mi discurso, pero lo hago en exceso y Ulrich se percata de mi desasosiego. Me cuenta que Pepita aprendió a hablar por señas con la muda que cuida el cementerio, a cambio de techo y comida. Pepita lo interrumpe sin cesar con gestos que no entiendo. Para no herirla, asiento con la cabeza con cara de quien comprende, pero disimulo mal.

—Cuando se fue *la Muda,* Pepita volvió a sumirse en el silencio. El servicial Ulrich tuvo que sacrificarse entonces para aprender los rudimentos y para que ella tenga alguien a quien torturar con sus historias —dice el hombre maliciosamente.

¡Cloc! Tercer capón. Sonrío.

—Bueno, ya está —dice Ulrich—. Me había jurado que hoy, al tercer coscorrón, me iría a currar. La cuenta ha terminado. Ven a cenar a la comuna esta noche, todo el mundo estará contento de verte, Rita. Tú también, Pepita. Se alegrarán de verte si apareces con *mantecados.*

Cuarto capón en la cocorota de Ulrich. Esta vez se lo propina acompañado de un beso en la mejilla. Como los que le daba a Rafael. Y a mí. Como los que yo le doy a Cali.

—*¡Adiós, palomas!* Os espero esta noche.

Cuando Ulrich se va, las dos nos quedamos como atontadas. Me acuerdo de mi primer día de escuela. Qué pesado es el silencio cuando no se tiene nada con que romperlo. Hablamos con caricias. Veo que estira un elástico y me pongo a hacerle una trenza, luego le limo las uñas. Pienso en los cuidados que prodigaba a Juan hace apenas una semana. Se pueden decir muchas cosas sin palabras. Me deja hacer, me mira como si mirase a su hijo, cada centímetro cuadrado de mi ser concentrado en el peine. Como si tuviera miedo de que yo desapareciera y ella dejara de recordarme. Con Juan pasaba lo mismo. Todos me sermoneaban por el cansancio, por mi falta de sueño... Yo quería aprovechar cada segundo para estar pegada a él. Como si supiera lo que iba a suceder.

Pido a Pepita que me enseñe algo de su nuevo lenguaje. Es muy bonito. Advierte que aprendo rápido. Es verdad que se presupone que tengo cierta capacidad para los idiomas, dada la rapidez con que aprendí el francés.

Le estoy dando un masaje en sus hombros anudados, cuando veo que mueve los pies con impaciencia. Ya vi que los agitaba el día anterior.

—¿Por qué estás inquieta, *mamá*?

Se pone en pie de un salto y coge la pizarra que tiene en la alacena. «Véngame. Vénganos. Ve a Madrid. Encuentra al asesino de Rafael y mátalo».

Se detiene en seco para deshacerse en lágrimas. Leo y releo su mensaje. Estoy atónita. La estrecho entre mis brazos. Me aparta, coge otra vez la pizarra, borra lo escrito. «*Por favor, cariño*». Su supervivencia depende de ello. Lo entiendo. Quedarse allí sin hacer nada, sabiendo que el que mató a su hijo vive tan tranquilo, seguro, en las calles de Madrid... es para hacer enmudecer a cualquiera.

No encontrar las palabras justas para consolarla es más doloroso que tener la boca llena de brasas ardientes. Pensar por un instante que obedezco a Pepita me suscita la furia suficiente para saborear la adrenalina de la lucha. Todo mi odio se concentra en una bola de fuego que hace crecer en mi interior una fuerza demencial. Retrocedo a toda velocidad, me aparto de la furia contagiosa de Pepita, consciente de que es una locura y de que un muerto más no cambiará nada. Tampoco seré yo quien apague sus últimas esperanzas. No quiero. Más vale proteger lo que nos queda. Una vez más. Mal. Una vez más.

Cojo la pizarra, porque no tengo valor para mentir en voz alta, ya que se notaría mucho. «Lo haré, *mamita*».

Desde que se enteró del nombre del asesino de su hijo, Pepita se ha encerrado en su afán de venganza. Algunos días no hacemos otra cosa que ensayar el lenguaje de los signos, como si quisiéramos descansar. Los errores que cometo divierten a Pepita, que escribe riendo en su pizarra: «No, no has dicho "tengo hambre", has dicho "quiero follar"».

Nada de esto es lo que había venido a buscar, pero me sienta bien. El amor que ya no encuentro en sus palabras se percibe en su expresión. Una expresión que dice asimismo: «Eres excepcional, no permitas que nadie te haga dudar de ello». Es más de lo que daba André. Mucho menos fatigoso que disfrazarse de felicidad para Cali. De vez en cuando hablo por los codos, para huir de este silencio plúmbeo.

—Ya ves qué se ha perdido el mundo, Pepita. Imagínate si la humanidad hubiera adoptado desde el comienzo un idioma universal como el de los sordomudos. Fíjate hasta qué punto habría cambiado nuestra vida y la de las personas como nosotras. Me refiero a todas las que han tenido que irse de su país contra su voluntad. Al llegar a Francia habrían podido explicar lo que había pasado y por qué se veían obligadas a vivir entre los franceses. Todo eso en vez de quedarse abatidas, pidiendo perdón por estar aquí, cuando se trataba sencillamente de no morir.

Pepita me coge la mano y deposita un beso en la palma. Me alarga un pañuelo azul y se saca del escote un frasquito transparente no mayor que mi dedo meñique y tapado con un tapón de corcho. Siento un escalofrío en la espalda. Hace cinco días que estoy en su casa y no hemos vuelto a hablar de la promesa de venganza. Estoy tan preparada para renunciar a ella como para partir hacia Madrid inmediatamente. Unas veces imagino a Rafael y a mis padres, esperando con orgullo mis actos. Otras me quedo petrificada ante la idea de vivir después de haber dado y quitado una vida. Pero Rafael y mis padres merecen eso por lo menos, ¡me cago en la hostia! ¿Y si los franquistas tuvieran un radar de «genes rojos» que les permitiera detectarnos por adelantado? Pepita está convencida de que podemos conseguirlo. Pero ¿cómo? Nada de esto se ha dicho en los mensajes intercambiados con su sobrino, que me esperará allí y me reconocerá por el pañuelo. Rafael habría querido que subiera a ese tren, pero para reunirme con él, no para vengarlo. Es lo que le habría gustado que hiciese.

Cuando me doy cuenta de lo que pasa siento una gran tristeza. Me veo allí, alimentando las esperanzas de esta mujer vulnerable y despojada del don de la palabra. Esperanzas concentradas en un frasquito de veneno. Es imposible no encontrar patética esta conspiración. No nos devolverá a Rafael ni a ningún otro. Sin embargo, entiendo su necesidad de hacer piña ante el enemigo. Es el único homenaje que podemos dar a nuestros caídos.

Pero mi querida Pepita ha perdido un poco el norte y es preciso que me proteja de sus desvaríos. Al convertirse en imagen de todo aquello en lo que no debo caer, me ha ayudado por última vez.

Me siento huérfana, una vez más.

Puede que el pañuelo, anudado como una muñequera, me dé el valor que necesito.

7
El billete de tren

Regresar en tren a España es tirar del hilo de mi historia al revés. Con elipsis en los episodios más venenosos. Largas pausas en los momentos más bellos. Rafael... Pensar en él vuelve a despertar en mí sensaciones físicas. Entre los años dedicados a enseñar a andar a Cali y a hacer frente a la enfermedad de Juan he olvidado que soy una mujer y mi cuerpo, una herramienta maravillosa para expiar y recuperar la confianza. Gracias a la delicadeza de Rafael había conocido mi sensualidad y con ella había construido mi libertad y había potenciado mi energía.

No aparto los ojos de mis rodillas mientras cruzo

los Pirineos. Pensar en situaciones eróticas me hace el viaje más llevadero. Oigo anunciar las paradas, temibles como en un sueño. La voz de Pepita se mezcla con los anuncios, pero desaparece poco a poco durante el trayecto, como el niño que se suelta por etapas del flotador antes de adentrarse en la parte honda de la piscina. Pepita no me salvará. Y hacerle creer que su hijo ha sido vengado tampoco la salvará a ella. Lo que la destruye es saber que su hijo no volverá nunca más. Eso lo sé yo muy bien. Eso y el hecho de que fueron sus ideas las que fraguaron la misión de Rafael y lo condujeron al lugar donde está ahora. Un peso muy difícil de soportar... Comprender de dónde vengo quizá me salve a mí; encontrarme con personas que puedan decirme más sobre mi historia seguramente me ayudará.

Es mi segundo regreso y el primero aniquiló ya toda esperanza de ser aceptada. Hace mucho que me despedí de la posibilidad de ser una de ellos. Esta vez estoy más tranquila ante la idea de reencontrarme con España. Pienso aprovechar todo lo que quiera ofrecerme y que encuentre eco en mi interior, sin el apremio de que me acepten. Ya no tengo nada que perder. Pepita me dio fuerzas. No quiero acabar encerrada en la amargura y el mutismo, como ella. No quiero que la locura me reconcoma ni me devore el aguardiente, como a ella.

Los kilómetros se suceden, la venganza de Pepita se me escapa de las manos. Pero el desquite por la muerte de Juan aún me quema en los dedos; y ese desquite consiste en comerme esta puta vida por él. Sonrío. Para que Juan me vea. Con la esperanza de que se alegre al ver que su madre sigue adelante.

Cambio de tren en Barcelona. Dios mío, cuánto me gustaba esta estación... Me dijo que todo era posible antes de llevarme lejos de las personas que quería.

Maisel, el primo de Rafael, me espera en el andén de la estación de Madrid. Se le parece tanto que me quedo de una pieza. Es una criatura salvaje, como él. De cuerpo robusto y paso seguro. Tiene la cara enmarcada por largos rizos negros que se le acumulan en la nuca. ¿Está tan chiflado como para llevar hasta el final la *locura* de Pepita? Me sorprendería. Evidentemente la protege, como yo, y si está allí es sin duda por obligación familiar. Por la entreabierta camisa se le ve la medalla que lleva al cuello: es de santa Rita, la patrona de las causas perdidas. Pienso entonces que estoy en el buen lugar y en el momento idóneo, lo cual es una idiotez. Me gustan las señales que sugieren que un momento trivial puede ser importante, un momento clave. Por eso me las invento a menudo. Pero esta medalla es muy real y esta casualidad es de todos modos un buen presagio.

Sin embargo, cuando se pone a hablar se rompe el encanto. Es menos elegante. Menos poético que Rafael. Pero hay algo que me seduce. ¿Es la sensación de que le gusto desde el momento en que me ha puesto los ojos encima? ¿Su fuerte virilidad, que me da de entrada la impresión de estar protegida? ¿O es lo demás...? En su forma de encoger el vientre e hinchar discretamente los pectorales entreveo una fragilidad que me divierte. ¿La huella de una adolescencia frustrada? ¿Una necesidad de sentirse seguro en su masculinidad? Hay algo pueril que presta cierta torpeza a este joven de aspecto algo zafio. Y eso me conmueve.

Maisel será quien me aloje. Solo durante tres meses, porque entonces volverá su mujer de Francia con sus hijos. España vive todavía sumida en la pobreza, pero hay cierto alivio en los corazones. Me siento bien desde que doy el primer paseo. No es exactamente como si estuviera en mi casa, pero casi. La gente de aquí parece encontrarme guapa, con un encanto exótico derivado de mi ligero acento francés. La caja de recuerdos carnales que he abierto por el camino tal vez me haya rodeado de un aura más atractiva. El viaje interior sin duda me ha coloreado las mejillas y me da buen aspecto.

La primera noche vuelvo tarde. Me pierdo en las calles de la ciudad en busca de una atención, de una sonrisa. Es muy interesante. Aquí no tengo que estar pendiente de una niña, ni de André, que no me quiere, ni de Leonor o de Madrina, que me juzgan y controlan, ni me abruma la mirada llena de rabia y súplica de Pepita ni la falsa promesa que le hice.

Esa misma noche me tomo dos vinos en una terraza y se me acercan varios hombres para entablar conversación. No me lo puedo creer. El desinterés de André por mí me había convencido de que no valía nada. Hasta el punto de darme valor para irme. Ni siquiera tenía ya confianza en mi capacidad para ser madre. Debo confesar que bebo tan poco que los dos vinos me dejaron para el arrastre. Por suerte, cuando Maisel me ve, ya hago otra vez buena cara.

De todos modos, tampoco él parece muy sobrio. Cuando le propongo preparar algo de comer, apenas mueve la cabeza para decir que sí. He tenido que llenar la cocina de velas para ver algo. Tiene una bombona de gas, pero la electricidad no está a su alcance.

Por las ventanas abiertas entra la luz de las farolas de la calle, pero no basta para cocinar. Lo encuentro guapo, con la piel sudorosa bajo aquella iluminación. Evidentemente, esa no es la cuestión, entonces desecho la idea y me concentro en las mondaduras de las patatas. Noto que Maisel me mira y no me gustaría que las ideas que acabo de rechazar se me vieran en la cara. Me siento viva. Pero nadie va a venir a apoderarse de esta fuerza capaz, lo sé bien, de transformar la chatarra en oro. Sueño despierta, con la nariz metida entre las mondaduras, cuando Maisel me saca de mi dulce mundo onírico.

—No me extraña que le gustaras a mi primo. —Me quedo boquiabierta, pero no digo ni pío, esperando una continuación que tarda en llegar—. Sí, aquí, por lo general, deseable y discreta son cualidades que no van unidas. Tú tienes un poco de todo. Un poco de todas las mujeres, es decir, un poco de lo que vuelve loco y un poco de lo que estabiliza.

Como no sé encajar los cumplidos y siento las mejillas como un tomate, interviene mi mecanismo de defensa.

—Pero ¿qué sabrás tú? Hace siete horas que nos conocemos...

—Lo sé y punto. ¿Te apetece un vino?

—Sí.

Brota una electricidad que prolonga la charla y vacía el oxígeno de la habitación. El vino no ayuda. Es la primera vez que mi cuerpo, mi corazón y mi cabeza no están de acuerdo, pero ni siquiera me sorprende. Cuanto más veo que Maisel reprime su creciente deseo, más viva me siento. Como Pinocho, he sido un vulgar pedazo de madera al que se ha tratado como tal y ahora me he convertido en una mujer de verdad, de carne y hueso.

Después de otros dos vasos de vino, ya no sé bien qué estoy cocinando, lo cual, por si fuera poco, me trae sin cuidado. Me siento más a gusto riéndome de lo que dice Maisel, dejándome llevar finalmente, para sumergirme en la embriaguez de un instante sin pasado ni futuro. Maisel pasa por detrás de mí y, de repente, me agarra las caderas y las moldea con fuerza. Me quedo inmóvil. No lo rechazo. Sube las manos hasta mis pechos. Mi respiración se acelera, se vuelve jadeante. No lo toco. Soy una muñeca, pero no de trapo, no abatida, sino que se ofrece de manera más bien discreta. Mis manos son castas y puras, aunque toda mi piel espera la continuación. Se aprieta contra mí y noto a través de la ropa la erección de su sexo contra mis nalgas. Me habla con crudeza. Rafael decía que me deseaba, Maisel dice que desea follarme. Es otro nivel de delicadeza. Pero funciona. Me abandono. Me levanta para sentarme en la mesa, me quita las bragas y pega la boca a mi sexo, que suda ya de excitación. Dice: «Quiero verte disfrutar». Todo es rápido, es animal, pero está bajo control. Esta brutalidad sometida es nueva para mí, pero me gusta la sensación de seguridad que produce. Estoy a gusto en esta sumisión.

Lo que me da tranquilidad es que Maisel parece querer alimentarse de mi placer. Su deseo de ver que me abandono le da alas. Ha tardado tan poco en identificar mi necesidad, tan poco tiempo después de haberla identificado yo, que me parece más profundo, más intuitivo. Mi placer se revelará a menudo el motor del suyo, y yo acabaré convencida de que es porque se interesa por mí.

Hace ya una semana que estoy en Madrid y ni siquiera hemos hablado del motivo de mi visita. No hacemos más que «follar», como dice Maisel. Me gusta esa palabra, hace que me sienta a veces un simple pedazo de carne a merced de un predador. Nunca nos abrazamos, solo durante el acto. Va y viene y yo no le hago preguntas. Me ataca, me someto, unas veces con delectación, otras forzada por mi necesidad de que me abracen.

Cuando termino las faenas domésticas, paseo por las calles hasta que las piernas ya no me sostienen. No pienso. Miro el mundo que me rodea. Y me pierdo en esta meditación en movimiento. En mi caso, como en el de muchos inmigrantes que no son de aquí ni de allí, el viaje es otra residencia, del mismo modo que el idioma es una casa. El movimiento es para mí un anclaje. Oír y hablar español, en cambio, es tararear la primera canción de cuna que escuché. Es volver a ser la niña que fui, es estar lo más cerca posible de lo que soy. Antes de que la vida me eche a perder.

Me gustaría enamorarme de Maisel, solo para sentirme llena una vez más. Pero no ocurrirá, lo sé. Hace ya unos días que mi cuerpo vuelve a hablar y me recuerda que también él ha sido cuna, y se me ha despertado la necesidad de tocar de nuevo la piel de mi pequeña Cali. La energía que me posee desde que he vuelto a evocar el fantasma de Rafael está ahí únicamente para que la dedique a mi hija.

Maisel está raro esta mañana. Estoy en el lavadero que se encuentra delante de su casa, cuando viene hacia mí y me inquieto. A unos cuantos metros a sus espaldas avanza en silencio un cortejo fúnebre.

Parece interminable. La presencia de Maisel me altera tanto que, al verlo tan felizmente sombrío, mi cuerpo se alarma y mi corazón no tarda en seguirlo.

Le pregunto qué ocurre. Me señala con el dedo el lejano cortejo y me indica que me siente. Me cuenta que en el ataúd va la hija mayor del general que asesinó a Rafael, que ha muerto a manos de un disidente. Violada y asesinada. El lunes. Entra en detalles y se diría que disfruta con ellos. Verlo así me asusta. Torturar a una adolescente para herir al general no le supone ningún problema. Dice que Pepita estará contenta, pero que tendremos que inventar una historia para que crea que hemos sido nosotros los autores de la venganza.

Si ya tengo pocos puntos de apoyo, que esta violencia venga inesperadamente de los míos me hace perder pie. Qué ingenua he sido... Pienso en mi madre repitiendo que nosotros éramos los buenos de la historia. Yo no conocía más que dos condiciones: buenos y malos. Y es un extraño, un guaperas, el que, sin poesía ni distancia, me arroja esta verdad a la cara. Los míos pueden sacrificar a inocentes en el altar de la venganza.

Deseo morir. Una vez más. Busco una puerta de salida, pero todo está a oscuras. Observo el cortejo, que se aleja como un ejército de escorpiones sin veneno.

Eso no alivia mi dolor. Al contrario. Me siento perdida. Quisiera que Cali no hubiera conocido nunca este mundo, me alegro de que Juan no haya tenido que conocerlo. Me pregunto si también mis padres cometieron asesinatos.

Yo no formaré parte de esa gente. Decido que durante el resto de mi vida un ser humano será siempre un ser humano al que trataré como a tal. Y sé a ciencia cierta dónde encontrar al ser que más me necesita, ese cuya felicidad será mi principal combate.

Parto mañana para reunirme con mi hija. Es la única persona en quien puedo tener confianza. La única que me dará deseos de seguir adelante. El resto del mundo se ha vuelto loco.

8
El barómetro

El barómetro de esmalte que hay clavado en la fachada de la casa tiene la cara dañada. Como yo. Se diría que ha probado a despegarse de estas paredes, muy poco sólidas para él. Es un barómetro publicitario de la casa Martini y no solo señala la presión exterior. También indica cómo están el ambiente familiar y su equilibrio. Me dice que no he hecho nada a derechas. Me cuenta que mi partida fue un terremoto que desestabilizó todo lo que hasta entonces se mantenía en pie.

Cali me abre la puerta con alegría. Me muero de ganas de estrecharla entre mis brazos. Se ha convertido en la *dueña* de la casa, una auténtica mujercita. Mi ausencia ha invertido los papeles y lo lamento. A lo lejos oigo la máquina de coser de André, precisa y sin emociones, como él. Anuncia la intransigencia que me tiene reservada.

Cali cumplirá cuatro años mañana y me he perdido un octavo de su existencia. Es demasiado. Mi hija tiene una labia que, francamente, no es propia de su edad. Posee la inteligencia del instinto y un raciocinio ya muy desarrollado. Se me escapan muchas cosas cuando la escucho. Debería alegrarme el hecho de no haber encontrado a una niña deprimida. Pero sufro porque me siento despojada.

—Quiero ser paleontóloga, aviadora y bailarina. Sé que hay que trabajar, pero no tengo miedo. Y también tendré muchos hijos. Y no los abandonaré nunca.

No tiene pelos en la lengua. Tengo la sensación de estar más lejos de ella que cuando estaba en Madrid. En mi vientre se cruzan y se mezclan el orgullo, el dolor y la alegría.

—Si eres mi madre, ¿por qué en el colegio dicen que ya no tengo madre? Una madre cuenta cosas. Antes sí eras mi madre, porque cuando te fuiste con

Juan me escribías siempre. ¿Te acuerdas de Juan? A él también lo has abandonado, yo voy a verlo todas las tardes al cementerio. A veces Tita no se quiere detener, pero acaba siempre por aceptar. Ahora mi madre es ella.

Empiezo en silencio mi penitencia. Ah, la culpa. Aquí tenemos otra de nuestras especialidades, una que no sirve más que para perder el tiempo. Deshazte de ella, *cariño.* En vez de compadecerte, aprende de tus errores.

Poco a poco recuperaré cada milímetro del amor de mi hija, aunque caiga reventada.

—Sí, querida, pero fíjate en que no he faltado a ningún cumpleaños tuyo. Mañana, como todos los años, prepararé el pastel que imagines esta noche al acostarte —digo con alegría forzada.

—Ah, ¿sí?, ¿hacemos eso todos los años? Ya no me acordaba —responde con frialdad. Hace una pausa, aprieto los dientes y prosigue con menos dureza—: Has estado en mis cumpleaños, pero no en el de Meritxell ni en el de Tita, y tampoco estuviste el día que tuvimos que ir a dormir a casa de Madrina por culpa de las inundaciones. —Se detiene de nuevo para reflexionar—. Tampoco estuviste la primera vez que monté en bicicleta sin los ruedines. Ni cuando papá se cortó el dedo. Tampoco en el baile de primavera, ni en el de las cerezas, ni en el del verano, ni en el de la vendimia. Tampoco estabas cuando la maestra se cayó delante de la escuela. Le hice un dibujo en la escayola. El más bonito de todos los de la clase. Y a pesar de eso me castigó por haber empujado a Ama en el comedor, poco después.

Extiende las manos y las mira. Tiene todos los dedos estirados. Arruga el entrecejo. Levanta la cabeza hacia mí.

—¿Conoces a mi maestra? La odio.

¡Vaya, vaya, menuda cotorra! Me reconforta ver que en su joven cabecita una idea desplaza a la anterior a velocidad de vértigo.

—Claro que la conozco. Recuerdo que Madrina tenía miedo de que fuera demasiado severa contigo, y para que todo fuera bien, recogimos almendras que tú le ofreciste la mañana de la reapertura. Cuando fui a buscarte probamos las que me habían quedado en el bolsillo y estaban tan amargas que las escupimos haciendo muecas. Nos reímos como locas mientras volvíamos aquel día. ¿No te acuerdas de eso?

—No.

Adopta una seriedad absoluta, plantada delante de mí, consciente de que tiene el poder. Sin embargo, he notado un primer fallo. Lo que le he contado le ha recordado algo bueno y lo veo reflejado en sus ojos. Se ha atrincherado para no sufrir, se protege de quien, por haberle dado la vida, tiene la obligación de protegerla y no ha cumplido con su deber. Hará falta tiempo. Aguanto. Me cuesta. Pero no lo doy a entender. No tardará en saber ella misma que ciertos dolores son tan grandes que ya no se tiene nada más que dar, ni siquiera a la persona que más se quiere. Mis explicaciones tendrán que esperar.

—Bueno..., pues habrá que crear recuerdos nuevos, ya que esos te han desaparecido de la memoria. La buena noticia es que tenemos toda una vida para forjarlos. O casi.

Me mira con curiosidad y recelo. Me mantiene a distancia, indiferente a mis impulsos de madre. Cuando me acerco para cogerle la mano, retrocede y la retira, vuelve a su concha. Pienso en el refrán que dice: *Cría cuervos y te sacarán los ojos.* Lo terrible es que Cali no tiene ni la menor sombra de mala intención. Mundo cruel el de la infancia, aunque... Tu madre conservó la insolencia durante mucho tiempo. Pero aprendió a dirigirla hacia otros.

Todas las mañanas me apresuro a ponerme el disfraz de guerrera para acabar con esta terrible sensación de impotencia. Languidezco día y noche después de las pocas horas en que revivo para Cali. Entre semana va al colegio, así que el tiempo es limitado.

Cuarenta minutos por la mañana, cuarenta y cinco a mediodía, tres horas por la noche. Es muy poco. Incluso durmiendo siete horas y teniendo una casa que mantener, queda todavía demasiado tiempo para pensar...

Aunque Leonor y Carmen son tolerantes, las lenguas del barrio han derramado sobre mí toda clase de basura. Veo el desprecio en las caras cuando reaparezco por allí.

André trabaja hasta muy tarde. Cuando libra se va al monte con Cali, a dar largos paseos en los que no me atrevo a participar. No quiero romper el equilibrio que han encontrado juntos. Nuestro hogar ha de reconstruirse pieza por pieza. Sé que André se muere de ganas de retorcerme el cuello. Se contiene y calla por su hija. Lo admiro por eso. Yo no he conseguido domar nunca mis emociones. Una parte de mí se niega a crecer, pues la niña que llevo dentro es lo único que me queda de nuestra vida anterior. Del momento en que aún tenía una casa propia. Una de verdad.

Cuando estamos los tres juntos, André me recrimina cada cosa que hago en relación con Cali.

«No, ya no toma eso para desayunar».

«No dobles así las sábanas, que a Cali no le gusta que tengan arrugas».

«No, venid directamente, no le gusta ir al parque después de la escuela, prefiere jugar aquí».

«No le ates los cordones, ya sabe atárselos sola».

«Esa falda le aprieta, ponle esa otra».

No tengo ningún asidero en esta vida que ya no es la mía. Soy espectadora de ella. Pasan los meses sin que me miren a los ojos, salvo por casualidad. Cuando esto ocurre se arrepienten enseguida, como si temieran que quererme de nuevo significara sufrir de nuevo.

Todo el amor unidireccional lo concentro en la cocina. Para reconquistar a mi familia cuento con mis guisos. Mi madre, cuando cocinaba, tenía una agilidad y una minuciosidad extraordinarias con las manos. Las mías tampoco lo hacen mal. Hacen renacer España y todo lo que amo de mi país. El ajo. En todo. El tomate. La *cebolla*. El azafrán. El pimiento morrón. El agua de azahar. La pimienta. La canela. El jazmín. Con parsimonia. Improviso, pruebo, para sorprenderlos y complacerlos. Me afano en recuperar los sabores de la cocina de mi abuela y de mi madre. Para darles a mi manera, a Cali y a su padre, los que me dieron ellas a mí. Cuando encuentro el detalle que falta es una fiesta. Preparar estos platos es como hablar con mis muertas, y eso me alivia al principio, aunque luego me destroza. Pues aunque los platos quedan limpios, de las bocas no salen palabras de agradecimiento.

Es distinto cuando no estoy presente. Durante el cuento de la noche no resisto la tentación de pegar la oreja a la puerta para disfrutar del momento tan particular y precioso de irse a la cama, que me está negado. Cali se dulcifica cuando la oscuridad la apacigua. Es delicioso oír que mi bonito huracán se transforma en brisa delicada que espera al hada del sueño. Dice «te quiero, papá» cada vez que este pasa una página. Su padre le responde con otro «te quiero». A mí él no me lo ha dicho nunca. No sabía que fuera capaz de decir esas cosas.

Estos dos tienen el deseo de venganza metido en los huesos... Delante de ellos, sobre todo en la mesa, su silencio acentúa mi culpabilidad. El corazón se me acelera a menudo y me voy para vaciarlo de los millones de lágrimas que amenazan con inmovilizarlo. Solo faltaría que esto acabara por impedirle amar.

En ocasiones es todo lo contrario y me indigno sin abrir la boca. ¿Qué se habrá creído? Esta niña ha crecido dentro de mí y sé que los seis meses que acaban de transcurrir no cambiarán nada. Puedes contar la historia que te parezca, André, pero nunca podrás arrebatarme la que empecé con mi hija nueve meses antes que tú.

Rechaza mis *mea culpa* tanto como se resiste a concederme el perdón. Sigue negándose a recordar a Juan. Y cuando insisto, sabe a qué acogerse...

—El primer mes que estuviste fuera, Cali iba todas las mañanas y todas las tardes a mirar en el buzón, esperando que dieras señales de vida.

La prueba durará tres largos años y nos salvamos gracias al café. Y también, un poco, gracias a mi valor. El obrador en que trabajaba André acababa de anunciar que cerraba. Me crucé en la calle con la hermana de Madrina. Vivía a cuarenta kilómetros de allí, pero pasaba de vez en cuando por el edificio. Cuando le conté cómo estábamos y le expliqué lo de André, me habló de un comercio de su pueblo que se vendía por cuatro cuartos. Lo llevaba una familia, pero era tan holgazana como la gente que se lo había vendido. Los vecinos, además, no hacían más que quejarse. Me dije que era una señal. Teníamos nuestros defectos, pero ni a tu abuelo ni a mí se nos podía tachar de pusilánimes. Éramos trabajadores y teníamos iniciativa. Era una ocasión que nos llamaba a gritos. Cali tenía siete años cuando me dio la ventolera y compré el café. Mi Virgen negra debió de sentirse más ligera que nunca. Diez años de ahorros sobre el tapete y asunto resuelto. Puse delante de André un hecho consumado. Le dije que, si hacía falta, iría todos los días y que estaba dispuesta a todo para sacar adelante el negocio. Accedió mal que bien, porque a Cali le entusiasmaba dejar la ciudad para ir al campo y porque él tenía miedo de quedarse sin nada. Nos mudamos unas semanas después.

Era apacible la vida en el café de Marseillette. Contaba también con un restaurante para cuarenta comensales, una gasolinera, un estanco donde vendían prensa y otros artículos, un quiosco de lotería... Al empezar juntos esta nueva vida, nos reencontramos con Cali. La situación nos abrió como flores que reciben sol y lluvia después de pasar mucho tiempo a la sombra y sin agua. Dejar la vivienda nos había aislado. Sin embargo, tu madre y yo éramos muy sociables, sentíamos mucha curiosidad por los demás, éramos muy sensibles a las diferencias, a las historias, grandes y pequeñas. ¡Y de pronto teníamos el café, un campo de juego para nosotros! Supe reencontrar en ese espacio el ambiente del edificio y de la comuna, con la certeza inicial de que quienes entraban no nos deseaban ningún daño, sino que venían a hacer una consumición o intercambiar unas palabras. A nadie ofendía, por ejemplo, que los domingos a mediodía se reuniesen allí todos los feligreses para tomar el aperitivo después de misa. Incluso el cura venía a veces a tomar un pastís con sus congéneres. Lo respetábamos, teniendo también en cuenta los preceptos de su iglesia de tres al cuarto.

Carmen no tardó en venir a trabajar con nosotros. La muy granuja evidentemente hizo el papel de su vida —«Mi grandeza de espíritu me perderá»— cuando André y yo le pedimos que nos ayudara, aunque yo sabía muy bien que esperaba con impaciencia que la sacara de entre las garras de Leonor y Madrina. Se encargó de las mesas y, conmigo, de la barra. *Pobrecita,* ni así ha podido escapar a sus dos *mamás.* Leonor, sin dejar el trabajo del hospital, ha empezado a venir para encargarse de la lavandería. No ha resistido mucho el batiburrillo y desorden del local y se ha autoproclamado pinche de cocina. El viernes por la noche, cuando ya no había nadie, se sentaba a la mesa con unos jóvenes veteranos del RCT que venían a menudo por allí. Yo miraba de reojo a mi hermana y me gustaba que hiciera revivir las convicciones de nuestros difuntos padres. Con una mala fe manifiesta, reescribía la historia para que solo los nuestros brillaran. Me pareció un gesto muy hermoso. Se aferraba a ese pasado igual de doloroso que amado, que normalmente callábamos como si fuera una deshonra. Madrina venía todos los fines de semana. Ella se había quedado con la gasolinera. El mejor sitio para conocer gente, según opinaba. La menerbesa pasaba por delante del café y atraía multitudes. De turistas a camioneros. En el pueblo se decía que vendía hierba con la gasolina. Al fin y al cabo, el café se jactaba de satisfacer todas las necesidades.

Tú has conocido una versión de ese café edulcorada por nuestros viejos huesos, pero cuando lo compramos constaba también de un colmado en la esquina y de un hotel de nueve habitaciones; tu madre, André y yo ocupábamos una de ellas. Habíamos reservado otra que utilizaba cada miembro de la familia en caso de necesidad. A las siete de la tarde salía el último autobús para Narbona, una excusa excelente que mis hermanas no dudaban en utilizar para no regresar a sus casas. Era más exótico quedarse con nosotros. Cuando Leonor y Meritxell se quedaban a dormir, le tocaba ahuecar a Carmen. Esta, por la noche, utilizaba la habitación a escondidas, con sus muchos amantes. André y yo hacíamos como que no nos dábamos cuenta. A él no le hacía gracia que mi hermana menor se tomara todas aquellas libertades sin preocuparse del qué dirán. Yo me sentía orgullosa. Carmen había pasado tantos años siendo lo que se esperaba que fuera que verla emanciparse me alegraba. A diferencia de Leonor y de mí, eternas desarraigadas, ella se sentía francesa. Desde que habíamos llegado a Narbona no utilizábamos nuestro idioma más que en la intimidad y solo si los presentes eran compatriotas de pura cepa. Las tres, y también cuando estábamos con el *tío* Roberto y con Madrina, nos despachábamos a gusto. Pero pasábamos al francés en mitad de una conversación cuando aparecía alguien, aunque fuera André.

La magia de nuestro local consistía en que borraba fronteras alrededor de un vaso o de una partida de cartas. El tablero no era más que una formidable pista de baile, diluida como a la acuarela, en la que nadie era ya prisionero ni de su ropa ni de sus colores.

Tu madre, en cosa de unos meses, pasó a ser la mascota del pueblo y de los turistas. Cantaba, bailaba, improvisaba pequeños números y siempre encontraba un público que la aplaudiera.

Nunca olvidaré el día de la inauguración. Cali estaba emocionada, como si recibiera a los invitados de su fiesta de cumpleaños. Era sábado, primero de mayo. Habíamos pedido al alcalde que anunciara la apertura del local por los altavoces del pueblo todos los días de la semana anterior. «ATENCIÓN, ATENCIÓN. El café La Terrasse, plaza del Ayuntamiento 1, abrirá sus puertas el primero de mayo a las nueve de la mañana. En punto».

El primero de mayo es un día especial aquí. El 30 de abril, los «niños mayores» y los adolescentes se reúnen al anochecer. La costumbre es vaciar jardines, terrazas y portales de todo lo que se encuentra y llevarlo todo a la plaza del pueblo. Los que no quieren que les quiten nada deben dejar en la puerta de sus casas una botella o golosinas, para obsequiar a los pequeños ladrones. Quienes no lo hacen, más juguetones, dejan que los muchachos prueben a saquearlos. En ese caso deben acudir a la plaza del pueblo, al día siguiente por la mañana, para recuperar las sillas de jardín, las macetas, las bicicletas, las tumbonas, espalderas y columpios. Para rescatar sus pertenencias deben llevar algo de comer o de beber. El pueblo se anima desde la noche hasta el día siguiente por la mañana con carreras y juegos. Un año birlaron una furgoneta en la otra punta del pueblo y la arrastraron hasta la plaza.

Al levantar la persiana de La Terrasse aquella mañana, ¡había de todo! La plaza estaba llena. Había tanta cantidad de objetos que los muchachos los habían tenido que amontonar. Una vieja andaba ya revoloteando con una tarta entre las manos, para recuperar sus cosas. Un chico de catorce años era el encargado de recoger las ofrendas. Los dos se reían. La edad y la clase no tenían importancia, solo el deseo de jugar y participar.

A eso de las diez, la plaza estaba ya a rebosar de gente. El primer abuelo que entró en el café, seguido de algunos otros, se dirigió a mí en español, sonriendo de oreja a oreja.

—*Bienvenido en tu casa, cariño. Ya lo sabes, su casa es mi casa, y me lo voy a aprovechar.*

Otros dos abuelos rieron con él y uno añadió:

—*¡NUESTRA casa, coño!*

Los otros, pese a que no entendían ni jota, no parecían incómodos, sino más bien interesados por encontrar el mejor rincón para jugar a la *belote*. La pequeña comitiva tomó posesión de aquella mesa durante treinta y siete años, entendiéndose a medias con una mezcla de occitano, español, árabe, portugués y francés. Naturalmente, en el café también se chismorreaba sobre los vecinos, y éstabamos en primera fila, pero nunca se juzgaba en función de los orígenes ni del color de la sangre, y eso sentaba de maravilla.

Los huéspedes y los habituales pasaron a ser como una segunda familia. Habíamos hospedado a una cuadrilla de trabajadores que iba a quedarse tres meses, el tiempo que necesitaban para reconstruir una presa. En la cuadrilla había dos mujeres que se amaban en secreto. Un fanático del comandante Cousteau, que enseñó a Cali un montón de cosas sobre las ballenas y los delfines. Incluso había uno que no decía más que una frase, en occitano: *Escota quand plòu,* «Escucha cómo llueve». Por su entonación se notaba que lo decía igual que habría podido decir «por favor», «buenos días» o «gracias». Puede que todas las demás series de palabras le parecieran poco poéticas. La hermana de Madrina, los primeros lunes de mes, echaba las cartas del tarot por diez francos y su fama atraía a una fauna muy peculiar. Ni siquiera celebrábamos ya la Navidad en casa de Leonor, hasta tal punto nos dolía cerrar. Los más aislados se habrían visto condenados a estar solos en sus casas aquellos días.

Una vez al mes llevo a Cali al baile del pueblo. Baila con su padre de seis a ocho de la tarde. Allí vale todo: vals, pasodoble, tango y alguna que otra java, porque la orquesta toca música de cornamusa a la hora del aperitivo. A las ocho cambia el ambiente y buscamos un pequeño rincón de la pista para bailar las dos solas, Cali y yo. Entregadas a la nueva música que André no comprende, más sincopada, más rítmica, caemos en trance. Una hora más o menos para hacer locuras, como suele decirse, y luego la llevo a dormir. También bailamos las dos solas en el café, cuando se ha ido todo el mundo.

Algunas tardes Cali forma pareja con su prima Meritxell. Ambas se han convertido en dos chiquillas muy guapas, deslumbrantes, y tienen una complicidad de hermanas. Leonor y yo nos acercamos gracias a eso. Vivir en el café ha desplazado mis temores y ha dejado sitio a la confianza, en mí misma y en los demás.

Durante la fiesta de la primavera André se queda excepcionalmente en el baile hasta pasadas las ocho. Puede que ayude el moscatel, porque parece que me encuentra guapa. Cuando volvemos cruzo febrilmente la frontera imaginaria que nos separa desde la concepción de Juan. Es un momento dulce, sencillo y natural, propio de dos personas que se conocen desde hace mucho, pero también animal, como de dos personas que ya no se conocen. Vuelvo a esperar. Pero esta vez no por mucho tiempo.

Por suerte, la vida transcurre deprisa en el café. No hay tiempo para compadecerse. Salvo de la suerte de quienes nos confían sus penas y cuentan con nosotros para consolarlos. Hay muchos al otro lado de la barra. Y no escatiman las atenciones con su pequeña Rita. Tu abuelo también es atento conmigo, a su manera. Nuestros cuerpos, con el tiempo, han encontrado un lenguaje, pero la complicidad que volvemos a encontrar entre las sábanas no dura. Vuelvo brutalmente a la realidad con dolor.

Las historias de amor no han sido medias tintas en nuestra familia. A veces eran intensas y auténticas. Tu madre conoció a tu padre en el café. Si no hubiera sido por mí, no se habría fijado en él, dado que su vida estaba ya más que llena. La academia de baile, el dibujo, la petanca en La Boule Rouillée, como se llamaba el club del pueblo, las partidas de *belote* con los viejos los jueves por la tarde, además de sus amigas... Cali no paraba ni un minuto. Por suerte, conozco a los hombres. Porque, evidentemente, me había fijado ya en el guapo chiquillo que pasaba diez veces al día por delante del café, con el pecho curvado sobre el manillar de su desvencijada bici, sin atreverse a entrar.

Yo interrogaba a los clientes en el interior. Nadie lo conocía, no era de allí.

—Pero les aseguro, señores, que está ahí todos los miércoles, sábados y domingos desde hace por lo menos seis meses.

La gente se reía y se burlaba de mí, acusándome de hacer mucho ruido por nada. ¿Por nada dices? Sin esa nada no estarías tú aquí. La cómoda, tampoco.

Estaba sola en el café el día que di por fin con la solución al misterio. Rezongaba y secaba vasos, cuando vi como tu padre aterrizaba en mitad de la plaza tras un espectacular vuelo rasante. Salí corriendo y traté de levantarlo. Sola, imposible. Se había lastimado de verdad. Y la bicicleta no estaba mejor. Dos empleados municipales salieron del ayuntamiento y me ayudaron a trasladarlo al café. *Pobrecito.*

—¿Tienen parches? Se me ha pinchado una rueda y me preocupa. Tengo que volver pedaleando quince kilómetros.

—¿Quince kilómetros? Espera a que te cure las heridas y ya me explicarás qué haces rondando nuestra casa desde hace meses.

Le estaba poniendo la última venda, cuando entró tu madre. En cuanto le puso los ojos encima, me pareció que le daba un patatús. Sonrió al muchacho. Yo también sonreía mientras los miraba. Él ya no me veía.

Tu padre tenía catorce años. Tu madre trece. Ella tenía ya mil proyectos. Él solamente uno: ella. Bueno, dos: tu madre y la música. Tocaba la guitarra acústica. A ella le parecía pasado de moda. Para mí, naturalmente, era una coincidencia como mínimo curiosa. Es posible que yo forzara un poco las cosas sin querer. ¡Es que tu padre era guapísimo! Y tenía una forma de mirar a tu madre... Irradiaba respeto, admiración y dulzura. Me fiaba de él. Sin embargo, tu madre, antes de prestarle atención, le hizo sudar tinta. Y no, no puedo ir al baile contigo porque voy con mi prima Meritxell. Y no, no puedo ir a tu concierto porque el domingo por la tarde tengo petanca. Sí, ya tengo compañero en los dobles, sí. Y no, no puedo ir al cine, esta tarde tengo que estudiar. Qué presuntuosa. Cali era tan lista que no daba palo al agua.

No se interesó por tu padre hasta que lo vio en escena. Todo seguía igual dos años después de su primer encuentro. Los jóvenes habían organizado un pequeño concierto en el café. Uno de ellos invitó a tu padre a tocar una canción. Se puso blanco como el papel y se metió entre el público. Al tratar de huir, se topó con los peones camineros, que lo llevaron ante el micrófono a la fuerza. Sin escapatoria, con la cabeza gacha, empuñó una guitarra. Yo temblaba tanto como él. Con el tiempo había acabado por ser mi protegido. Clavó los ojos en la cara de tu madre, como si fuera lo único que podía darle el valor que necesitaba, y se lanzó. Nos embelesó a todos desde los primeros acordes. El sonido era cálido; el ritmo, cimbreante. Yo observaba a tu madre. Se moría de vergüenza, pero me daba cuenta de que cada nota era un bálsamo para su piel y cada palabra una caricia para su corazón. Aquella noche me preguntó si podía verse con tu padre en la calle al día siguiente. Le dije que sí, claro. Cuando se fue, puse un disco en la gramola. Como no sabía ya cómo contener la alegría me puse a bailar sola entre el billar y la máquina de *pinball*.

La víspera de la inauguración, había colgado el barómetro en la entrada del café. En esta nueva andadura pasaron los años sin que se moviera. Estuvo pegado a la pared, tieso como una I, más de treinta años. Porque aquel barómetro de Martini no solo indicaba la presión exterior. También señalaba lo que nuestros corazones heridos afrontaban y conseguían superar.

9
El sobre

Encuentro el sobre en el bolso mientras tú te abres paso hacia nosotros en la sala de partos. Como no conseguimos localizar a tu padre, le dejamos en casa una nota, diciéndole que el parto parecía a punto de empezar. La encontrará cuando vuelva de su concierto, probablemente a primera hora de la mañana. A Leonor, a Carmen, a Meritxell, a Madrina y a mí nos duelen ya las nalgas de estar en esta sala de espera. Bromeamos sobre el pudor de tu madre, que no quiere tenernos cerca durante este ejercicio, y reímos como descosidas recordando nuestros respectivos partos, mucho más folclóricos, en los que la vergüenza no tenía cabida. El respeto a las condiciones higiénicas dejaba mucho que desear y nadie se preocupaba. Madrina y yo hablamos con crudeza de los detalles técnicos, cosa que molesta a Carmen. Tiene ya más de cuarenta años y todas nos morimos de ganas de hacerle una pregunta. Doy el primer paso.

—¿Estás segura de que no lamentas no haber tenido hijos?

—¿Bromeas? Vamos, Rita, fijaos en vosotras y fijaos en mí. ¿A quién le ha ido mejor? Nunca permitiré que un jamón de tres o cuatro kilos me estropee por dentro y por fuera. Además, he criado a vuestras mocosas y las dos me han quitado los deseos de ser madre.

Se echa a reír y nosotras reímos también. Un momento después, Leonor parece sumida en sus pensamientos.

—Si Dios me lo hubiera permitido, yo habría tenido toda una colección de críos —dice con tristeza.

Carmen replica:

—Y tendrías tu alhaja como una coliflor, *mi amor*. Y no habrías podido tener a *tío* Roberto coladito por tanto tiempo en un estado así.

Reímos de nuevo. Es 31 de diciembre y el ambiente en el hospital no es el de todos los días. Algunos van vestidos de fiesta, preparados para celebrar el Año Nuevo en cuanto salgan. Se huele a fuagrás en el pasillo. Si todos los días fueran como hoy aquí, el tiempo discurriría más deprisa. Meritxell está inquieta porque la esperan en una recepción y todas sabemos que es aquí donde quiere estar, con nosotras. Más que una prima, Cali es una hermana. No hay secretos entre ellas. Nosotras preferimos no conocerlos.

De pronto aparece *Escota quand plòu* con su pinta de iluminado.

—*Escota quand plòu?*

—Todavía no, grandullón.

—*Escota quand plòu?*

—Te prometo que, cuando nazca el niño, avisaremos al café.

Cada cinco minutos aparece alguien que abraza a Leonor y le desea feliz año nuevo. Mi hermana conoce a muchos médicos. Es estupendo.

Me siento la mar de orgullosa de estar allí, observando el ramillete femenino que formamos. Leonor es comadrona y está a favor del aborto. Meritxell enseña español y trabaja gratuitamente de escribiente en el pueblo. Escribe como en los libros. Madrina, única superviviente de una familia de anarquistas, se ha convertido en la madre Teresa (interesada) de todos los exiliados. Cali viaja gracias a su don para el baile. Abraza el aire. Le da existencia material, lo vuelve palpable, suave como una nube. Arrastra a tu padre en su estela. Hasta el punto de que se ha integrado en su compañía como músico. Es verdad que tu madre era persuasiva, pero nadie se resistía a tu padre cuando hacía hablar a la guitarra. Se ha ganado el trabajo a pulso. Sin tu madre no se habría atrevido a someterse a la audición, menos mal que ella creía en él por los dos.

Tardas ya seis días, pero parece que aún quieres hacerte desear. Todos te esperamos como al Mesías. La hermana de Madrina ha visto en el poso del café que Cali tendría una niña. Entonces, sabes, ya no podemos más. Madrina ha conseguido hacerme llorar de la risa con sus historias de alumbramientos pasados en el edificio. Mientras la escucho busco un pañuelo en el bolso.

—Cuando parió Leonor, fui a recogerte con el coche de Roberto, ¿no te acuerdas, Rita? No empuñaba un volante desde que salí de España, al final de la guerra. *Coño*, seguro que Cali se acuerda todavía de las sacudidas que daba. ¡Y era tan pequeña...! ¡Volaba en el dos caballos! Y tú, partiéndote de risa. ¡Como ahora!

Y sigo riendo. Está loca, todo el mundo nos mira. ¿Dónde estarán los dichosos pañuelos? Dentro del bolso palpo un sobre que me llama la atención. Cuando lo saco reconozco inmediatamente la caligrafía de tu madre. Aún no sé nada, pero es como si lo hubiera entendido todo. Lo abro a toda prisa. La tierra se abre bajo mis pies. El perdón que he esperado toda mi vida está entre mis manos: Cali ha adivinado la culpa que siento desde que hui tras la muerte de Juan. Hay breves adioses «por si acaso». Sabe que padece hemofilia. Su embarazo podría tener un precio que está dispuesta a pagar. Poner su vida en peligro para que su amado sea padre es un riesgo que ha querido correr, movida por «un amor que ni la muerte puede cambiar». Él lo sabe ya. Desde hace ocho días. «No te preocupes, mamá. He vivido treinta años de una belleza y una intensidad que pocos conocen».

Mi cuerpo ha empezado a arder, a derretirse por dentro. He corrido, empujando las puertas de distintas salas, una tras otra, a la velocidad del rayo. Entonces he abierto la que daba acceso al lugar donde estabais las dos y la he cruzado. Solo tus gritos rasgaban el silencio reinante. Y el rumor de las enfermeras al quitarse las mascarillas y los guantes. Tu madre se acababa de apagar. Y tú acababas de eclosionar. Las campanas de la iglesia de San Vicente daban la medianoche y la gente se deseaba feliz año.

Fuera, a lo lejos, y también al otro lado de la puerta de vuestra habitación. En la calle se oían petardos y gritos de alegría. Sin duda fueron los primeros sonidos que percibiste. Cali no ha tenido tiempo de tocarte, de sentir la suavidad de tu piel. Una enfermera te ha puesto en mis brazos con mucha delicadeza. Nos hemos reconocido nada más mirarnos. He solicitado al personal que saliera, para estar las tres solas. Sufría mientras desnudaba el pecho de tu madre. Me he quitado el jersey y la camiseta. Te he quitado los pañales y te he puesto sobre su vientre. He cogido las manos de tu madre y las he pasado por cada centímetro cuadrado de tu cuerpecito, todavía manchado de sangre. Me he estirado junto a vosotras y he pegado mi piel a la vuestra. Como una cría animal que se guía por el instinto, has cerrado la boca alrededor de su pezón y te has puesto a mamar. He cogido la mano de Cali, la he deslizado por la mía y te hemos abrazado. Me habría gustado que las tres emprendiéramos juntas el viaje definitivo. Habría querido que nada nos separase, que tu madre nos llevara con ella para vivir abrazadas toda la eternidad.

He vuelto a ver con los ojos cerrados los episodios clave de su vida, como quien ve una película. Su infancia. La compenetración que teníamos entonces. Lo que nos escribimos durante la enfermedad de Juan. Los platos rotos, los reencuentros duramente conseguidos y ese amor y esa complicidad que nunca dejaron de crecer. Ni siquiera durante los quince años con tu padre a su lado secundando todas sus extravagancias. En el café, sus risas entremezcladas derrotaban a nuestros discos favoritos en el concurso de la música más hermosa del mundo. Me gustaba que se pelearan porque me gustaba verlos reconciliarse inmediatamente después con más ternura que antes. Fue adorable verlos partir con unas maletas más grandes que ellos, sin saber ocultar su excitación para parecer serios ante nosotros. La primera vez que aceptaron ir de gira al extranjero eran muy jóvenes. Yo había negociado la posibilidad de contactar con ellos en caso de necesidad. Lo había acordado todo con los organizadores, las condiciones de alojamiento, el precio de sus actuaciones... ¡Sabía lo que valían mis niños! Sí, mis niños. Porque a tu padre lo quería como a un hijo.

Estaba empezando a tomar conciencia de lo que nos había caído encima, cuando ha aparecido André, con mi bolso en una mano y la carta en la otra. Era la primera vez que lo veía llorar. Cuando murió Juan, entendí por la rojez de sus ojos que había derramado muchas lágrimas, pero no derramó ninguna delante de mí. Tal vez para proteger a Cali, para que no viera su dolor. Siempre había protegido a su pequeña. Había vivido únicamente por ella. Y ella se lo había pagado con creces.

La primera vez que te abracé fue también la primera que me tomó entre sus brazos, entre los que sentí amor y apoyo. El primer momento de nuestra vida en que lo vi bajar la guardia, inerme. Desde ese día sus brazos se abrieron con más facilidad. O a lo mejor era yo quien dudaba menos en rendirse a ellos. Tras más de dos décadas, había perdido la costumbre de sentir dolor. Sin el hombro de André no habría podido sostenerme.

Sin tiempo apenas para asimilar el drama al que había que hacer frente, la vida exigía que, aunque me costara todo el oro del mundo, fuera una base sólida para ti y para tu padre. Quería dedicarte el ciento por ciento mi tiempo, mi energía y mi cariño. Por eso quise vender el café al morir tu madre. Porque cada cucharilla, cada silla, cada rastro de desgaste del tiempo me recordaban aquella pérdida inaceptable. Ella había infundido esperanza en todos los rincones de aquel lugar con su inquebrantable alegría de vivir. Más tarde, tu padre aportó entusiasmo y creatividad. El trabajo que hacíamos André y yo era enorme, aunque no nos quejamos nunca. Tu padre se percataba siempre de cuándo estábamos a punto de reventar. Percibía que el cansancio tensaba el ambiente o lo leía en nuestra cara, y entonces recurría a sus amigos para que echaran una mano. Nos prohibía ir al café durante veinticuatro horas, él se encargaba de todo y así podíamos volver frescos como dos rosas. Antes de nacer tú, todo iba demasiado deprisa para darnos cuenta de cuándo estábamos al límite. Después ya nada me cogió por sorpresa. Me necesitabas demasiado.

Sin embargo, y por suerte, había no sé qué fuerza que me impedía separarme de La Terrasse. Tú estabas hecha para este entorno, lo mismo que tu madre. La recordaba de niña, una renacuaja que hacía de las suyas en aquella alegre casa de tócame Roque. Es quizá lo que nos queda de España, esa necesidad de ver vida alrededor, bullicio, diálogos, a menudo de sordos, convivencia, participación. Conservar el café era construirte una casa propia, para que pertenecieras a una comunidad y echaras raíces. Con toda la gente que nos traía el canal del Mediodía.

El café nos recordaba que nuestra diferencia era una riqueza, si así lo decidíamos nosotros. Tu madre convirtió su latinidad en una fortaleza. Hasta que dejó la casa no habló ni una sola palabra de español. Huelga decir que no hice nada por animarla. Yo quería que fuera francesa. Y al volver de su primera gira al otro lado del Atlántico, que duró dos meses, lo hablaba mejor que yo. Yo estaba que reventaba de orgullo. No había visto que la reconciliación pudiera llegar por ese lado. La sorpresa fue por ello más agradable. El deseo de contar nuestra historia me surgió más tarde. Además, *qué tontería* haberme negado a enseñarte a coser y a cocinar. No quería que eso te hiciera esclava de los hombres. No había ningún peligro, tú no eres como nosotras, quiero decir que lo eres, pero mil veces mejor. Nosotras somos de piedra, tú eres de mármol. Me fastidia un poco no haberte enseñado esas cosas básicas. Madrina y Leonor se encargarán de eso si quieres. Por lo menos costura, durante las vacaciones. Esas dinosaurias no se desenvuelven tan mal, a pesar de sus manos artríticas. Ahora que yo ya no estoy allí, vas a necesitar a alguien que te arregle los dobladillos. En ese mismo cajón encontrarás mi cuaderno de recetas, ya lo verás, está con los trozos de cartón que corto para hacer listas. Cógelo. Que no se lo queden los cretinos de tus primos, ¡menudos botarates! Ah, cómo te reías cuando los llamaba así... No tenían derecho a entrar en mis cocinas. En el fondo me gustaba la idea de que ningún hombre asomara la cabeza por allí: podía hablarse de todo, porque estábamos entre mujeres, madres e hijas.

Esta cómoda, *cariño*, la heredé de Pepita. Me la llevó Maisel cuando murió. Me gustaba mirarla porque me recordaba a la de mis padres. Para traérmela, hizo el viaje acompañado de su mujer.

—Hola, Maisel.

—Hola, Rita.

—Mi tía ha muerto, o sea que...

Iba a arrojarme en sus brazos, cuando su mujer apareció detrás de él.

—Gracias, gracias, gracias. Significa tanto para mí...

Me cortó en seco. No era momento de desahogarse.

—¿Dónde la pongo? Aún tenemos que recorrer muchos kilómetros.

A pesar de que la conversación no duró ni dos minutos, a pesar de nuestro desgaste y nuestro envejecimiento, me di cuenta de que su cuerpo ardiente se hacía eco del mío. No volví a verlo.

La idea de meter nuestras vidas en los cajones de esta cómoda me vino como un relámpago. Desde que me vi ante ella, dejé que mis recuerdos volvieran.

Tío Roberto la reparó y puso cerraduras en los cajones tal como yo quería. Era un manitas. Gruñó cuando le expliqué mi última fantasía, pero la cumplió repintando los cajones con los colores del arco iris. Porque es eso lo que quiero que recuerdes. Nuestros colores. Cálidos, vivos. Quiero que esas mujeres, tan diferentes, vivas y complejas, que forman tu árbol genealógico te inspiren y te ayuden a saber quién eres, fruto de qué viajes y de qué pasiones. Quiero, quiero... Ya ves, ni siquiera ahora pongo freno a mi deseo de controlarlo todo, soy insoportable. *¡Ay, Dios!*, infatigable hasta el fin. Quiero que, cuando creas que ha llegado el momento, des a Nina la posibilidad de meter su nariz respingona en nuestro guarda-memoria. Ahora estos cajones son los tuyos. Es tu turno de hacer sitio en ellos para vuestro futuro. Desempolvar de vez en cuando los cajones permite mantener con vida los recuerdos, para que estos pequeños bromistas no se escapen.

Gracias por haber abierto, con el sudor de tu frente, el camino hasta nosotras, a pesar de nuestro mutismo. Para Nina será más fácil, teniendo una madre como tú. Sabes qué es lo que tienes que aprender de nosotras, pero reconocerás los defectos en los que no hay que caer. Cuando te miro, me digo que no lo he estropeado todo. Al fin y al cabo, conmigo la vida no ha sido solo una *puta*. Cada una de tus sonrisas ha colmado mis carencias y ha alejado los nubarrones con una poderosa brisa cálida. Tus decisiones han dado sentido a mi vida y a mis luchas, sin que yo te guiara. Por ti misma eres cada una de nosotras, enriquecida ya con nuestros fracasos y nuestros defectos. Me iré pronto. El cáncer se ha apoderado de mi lengua y no la soltará esta vez. De nada habría servido decírtelo. Habría desperdiciado nuestros últimos meses si los hubiéramos vivido bajo esta espada de Damocles, y, *mira*, en cambio, lo que nos hemos reído.

No llores, sueña con los reencuentros que tendré, porque hace ya mucho tiempo que Rafael me espera. No te preocupes, también le caliento el sitio al yayo. No lamentes nada. Las amarguras destrozan la espalda. Yo no me arrepiento de nada. Seguramente recordarás que yo decía siempre que quería vivir cien años. Lástima, no ha podido ser. Pero si esto no es la prueba irrefutable de que somos invencibles, entonces no sé lo que será. A pesar de los golpes que me ha asestado esta maldita vida y bueno, a pesar también de todo lo que me ha regalado, estaría dispuesta a dar guerra muchos más años.

Me ha dado unos padres que me inspiraron pasión e integridad, me ha dado hermanas, una para llevarme por el buen camino y otra para desviarme de él; a tu madre, cuya alegría e inteligencia me han nutrido día tras día; a tu padre, un hijo al que pude ayudar a ser hombre y que me lo pagó todo multiplicado por cien. Y también a ti, y a Nina. Para felicitarme por haber superado todas estas pruebas sin caerme. Como si me hubiera dicho: de hoy en adelante y hasta el final, tu existencia solo tendrá risas y ternura. O casi.

Epílogo

Estoy sentada en el suelo, en medio del maravilloso desorden que forman a mi alrededor los cajones de la cómoda. Unos conservarán su misterio, otros lo han largado todo. Oigo piar a los pájaros en el exterior. Estoy hecha polvo. Confusa y feliz al mismo tiempo, porque el teatro organizado por la *Abuela* me ha permitido prolongar su presencia después de su muerte.

Sin duda tuvo que armarse de valor para revivir estos momentos clave y transcribírmelos. Y yo voy a necesitar *un par de cojones* para aceptarlo todo, sin juzgar ni modificar la historia. Ella diría que lo conseguiré, que estamos hechas de la misma pasta, de la que no cede ante nada.

Yo no soy como ella. No tengo su fuerza, su belleza, su valentía ni su mala fe. Tampoco sus 95 centímetros de busto, ay de mí. No, *Abuela*, no somos de la misma pasta. Tú tuviste que luchar y yo solo he hecho que recibir.

He de confesar que al amanecer, delante del último cajón, agotada de viajar en el DeLorean toda la noche, me siento distinta. Más fuerte. La *Abuela* y sus historias de cómoda a modo de chaleco antibalas. Yo quería esta libertad, gozar de mi derecho a saber, fueran cuales fuesen las consecuencias. La *Abuela* acabó dándomela. Puso al descubierto nuestros secretos de familia para que yo escribiese a mi vez la página siguiente. Una página en blanco, libre de tabúes, con todos los armarios vacíos de muertos.

Esa página ha estado virgen menos de dos años. Como si fuera inevitable que yo también mintiera. Como si solo hubiera aprendido de su historia la lección de libertad que me dieron mis antepasados. Libre para dejar en la cómoda mi mentira más despreocupada. Para ti, Nina, *mi niña, mi amor, mi cielo, mi vida, mi mañana.*

Por otra parte, nunca había pensado que esta historia fuera a terminar tan bien. Incluso recuperé el gusto por bailar. Y mi abuelo, la sonrisa. De pequeña bailaba para él. La *Abuela* bailaba para impedir que parejas en potencia encontraran disponibles los brazos del yayo. Yo creo que a ella no le gustaba. A lo mejor era porque le recordaba a mi madre. O porque ya no sabía hacer vibrar su cuerpo después de todo el tiempo que hacía que el yayo André la consideraba más una hermana que una amante. Es posible que la *Abuela* estuviera celosa del lazo que creaba el baile entre mi abuelo y mi madre, y también entre él y yo.

El yayo es de esos hombres de mirada dura y penetrante que se ven en los espectáculos de tango o flamenco. Un metro ochenta y cinco de estatura y noventa kilos de músculos en movimiento impresionan. La gravedad de sus gestos y palabras los vuelve solemnes. Cuando el yayo habla, todo el mundo calla. Menos la *Abuela*, evidentemente. Al morir ella cambió todo. Se apagó. Los dos nos sentimos más unidos que nunca. Pero yo no podía quedarme en Marseillette. El destino me había tomado entre en sus brazos. Había encontrado un empleo de psicóloga en una organización de París que ayudaba a los inmigrantes menores de edad que no tenían a nadie. Era una ocasión para rendir homenaje a mi herencia. Se lo debía a la generación de mujeres que había luchado contra viento y marea para ofrecerme esta preciosa libertad. Aquel era mi lugar. El empleo estaba mal pagado y los horarios eran insufribles, pero aquello importaba poco. La culpabilidad por haberme ido se quedaba en la puerta, pero la tristeza y la nostalgia se alojaron en mi piso. Por suerte duró solo unos meses, sí, hasta que Lola entró en nuestra familia arrollándolo todo.

¡Menuda fenómena, la Lola! Entró en nuestras vidas como un tornado, barriéndolo todo a su paso. Curó la soledad del corazón del yayo, la preocupación que yo sentía por él en el mío, y lo llenó todo de luz. Lola dice que el destino está escrito, que solo hace falta encontrar la tinta idónea para que ni la lluvia ni el viento borren la historia que hemos decidido vivir. Dice que eso de la psicogenealogía es una sandez, que me deje de análisis. Dice que debo pensar en mí ahora que la he encontrado para cuidar del yayo. Pero aún tengo que aprender a mirarlo todo desde ese punto de vista.

Yo no sé quién exactamente me inculcó esa idea demencial... ¡Oh, Dios mío, pues claro! Eso es, lo sé, lo sé, ahora me acuerdo.

Aquel día lo había visto cansado. Estaba de un humor taciturno, no con el cansancio que produce una gripe, no, era el cansancio del desaliento, esa melancolía tan fuerte que nos dobla la espalda y nos vuelve de gelatina.

Le pregunté por qué no iba a ver a sus amigos de Tuchan, su pueblo natal, y me respondió:

—Se han muerto todos.

El nivel de agua de sus ojos subió instantáneamente.

Desde la muerte de la *Abuela* se había vuelto hipersensible. Derrames cerebrales, paros cardíacos y comas que duraban semanas... Recuerdo que me dije: «Decididamente, en esta familia les gusta estirar la pata de dos en dos». Me opuse a esa idea. Mi abuelo no me habría abandonado nunca. Era un hombre valiente de verdad y le importaba un pito que su sangre corriera por mis venas o no. Me quería sinceramente y más que todo el resto. Algunas lesiones cerebrales seguramente transformaron a mi yayo para siempre. Con ochenta y dos primaveras, aquel ogro antipático empezó a reaccionar a las palabras dulces y a las contrariedades como una niña de diez años.

Nunca lo habría creído del yayo. Cada vez que le decía que lo quería, lloraba. Yo lo consolaba entonces, él me servía el aperitivo, su *vin cuit* fetiche, y entre sorbo y sorbo pensábamos en otra cosa.

Volví a París con el corazón reblandecido, tras dejar a mi abuelo sentado en la cocina, escuchando la radio, mirando al vacío. Tras dejar al yayo esperando el fin.

En el tren de regreso pensé en los miembros de la familia que estaban lejos. Había pasado para mí el tiempo de las grandes reuniones en que había que gritar para hacerse oír. Había pasado para nosotros. Ya no había ruido. Ya no había olores. Ni el de la barata colonia española que la *Abuela* se ponía en el pelo, en el suyo y en el nuestro, ni el del flan de caramelo que salía de su cocina. Desde que murió probé a preparar aquel dichoso flan docenas de veces. Lo mejor son los pequeños cráteres que aparecen durante la cocción. Jamás he conseguido que se formen.

Mi hija dormía en mis rodillas en el TGV. Estábamos sentadas junto a un caballero muy anciano. Divertida y curiosa, lo observaba por el rabillo del ojo mientras él sacaba sus bártulos. El tren tardaba tres horas y media en llegar de Montpellier a París y para el trayecto llevaba un bocadillo hecho en casa, un frasco de aguardiente, una navaja suiza, *L'Indépendant* y... un *Playboy* hábilmente disfrazado de *Télé 7 Jours* que acababa de deslizarse traicioneramente entre nuestros dos asientos. ¡El muy sinvergüenza!

El viejo granuja recogió a toda prisa la revista para esconderla en su inocente mochila.

Las mejillas se me pusieron más rojas que un tomate. Mis neuronas se agitaron frenéticamente. ¿Estaría todavía activa la libido del yayo? ¿Por qué no le buscaba una novia? La idea fue germinando durante el viaje. ¿Cómo hacerlo? ¿Por Internet? ¿Con un anuncio por palabras? Pero ¿quién iba a querer a un señor de ochenta y dos años que lloraba cuando un pariente le decía palabras tiernas? ¿Y si la cosa no funcionaba? No se recuperaría de un desengaño amoroso.

Era demasiado arriesgado. Lo que necesitaba era una novia con la que discutir y pasarlo bien sin implicarse demasiado. En mi cabeza se encendió una bombilla: una prostituta.

¡Eso era lo que necesitaba el yayo! Pero una puta presentable en todos los sentidos, cariñosa y comprensiva. Estaba decidido, buscaría una puta de buen corazón para mi abuelo.

El taxi me dejó en el Bois de Boulogne. Mi hija dormía aún en mis brazos. Las horas que había pasado con el yayo en el bosque, recogiendo setas, antes de nuestra partida, la habían agotado, y la conversación en español con la muchacha del vagón restaurante de la Renfe la había dejado grogui. Disponía de dos horas y media antes de que anocheciera. El taxista nos miró con compasión cuando descendimos del vehículo. Yo me tronchaba de risa.

Tuve que entrevistarme con cuarenta putas antes de ver perfilarse a unos metros de distancia la figura de Lola. La conversación se desarrolló con más facilidad con una princesa adormecida en mis brazos. En cuanto la vi, supe que era perfecta. Mucha carne, que es lo que tranquiliza a los hombres, y unos puñados de vulgaridad, que es lo que los excita. En el pelo, una flor de plástico. No importa cuál. Un girasol. Cargada con la pequeña y la maleta, ya no podía más, era el momento de obedecer las señales, de atacar de frente.

Cuando me acerqué a Lola sentí la misma fascinación que Cenicienta cuando se le apareció su madrina. O la del nómada que encuentra un oasis en el desierto. Sus rizos morenos coqueteaban con sus hombros, el terciopelo anticuado de su ropa con sus muslos carnosos. Llevaba la cincuentena con la gracia de una bailarina joven, un contraste bárbaro con el temperamento de fuego que tenía aspecto de poseer. Presentía que Lola era la solución a la soledad de mi abuelo y a mis inquietudes. Supe que era la elegida antes incluso de que empezara a torpedearme con sus preguntas.

—Oye, niña, mejor que te largues, ¿sabes? De lo contrario, vigila ese culito. ¿Qué te trae por aquí?

Yo estaba deslumbrada, había perdido el norte y las otras del gremio respondieron por mí.

—La señorita está haciendo un *casting* salvaje para encontrar aquí a la diosa que quiere ofrecer a su abuelo los fines de semana. ¿No me digas que no es gracioso? ¡Y eso que me salto los detalles! Fíjate en la niñata, qué carita de amor... Prueba suerte, Lola..., a nosotras ya nos ha descartado.

Me lancé en picado:

—¿Le gusta viajar? ¿Conoce el sur de Francia? Sol, cigarras, vinos afrutados, ¿le gusta todo eso?

—Me gusta cualquier cosa que me aleje de esta ciudad de mierda y de su aire irrespirable.

—¿Tiene usted dotes de actriz? ¿Sabe mentir bien?

—Me he pasado la vida mintiendo, para salvar el pellejo o para no herir a la gente que quería. Para dar gusto y darlo con gusto, miento sin pestañear. ¿Tu abuelo es sadomaso? ¿Fetichista? ¿Cuál es el plan?

—Mi abuelo es tierno y delicado, le gusta charlar durante horas mientras bebe *vin cuit*, es muy sensible y chochea un poco. De lo demás no sé gran cosa, eso debería usted tratarlo con él...

—¿Muy muy sensible?

—Sí. Cada vez que le digo que lo quiero, llora.

Las otras sonrieron en silencio.

La improvisada entrevista de trabajo se desarrollaba sin contratiempos. Lola respondía de un modo excelente a todas las preguntas cruciales que le hacía y eludía las trampas con la agilidad de un monito. Decididamente, era impresionante.

Por un billete de veinte euros aceptó tomar un café en mi casa para establecer juntas las condiciones y la tarifa del servicio. Puede que debiera haber tenido miedo de encontrarme a solas con ella y mi pequeña en casa, dado que podía robarme o agredirme, porque era dos o tres palmos más alta, y yo era un peso pluma y ella un peso pesado, pero irradiaba tanta bondad bajo sus falsos aires de puta punk que estaba totalmente tranquila. El interés que prestaba a mi historia me inclinaba a pensar que, si aceptaba, se tomaría en serio la misión que le encomendaba.

Elegimos juntas la identidad con que debía presentarse. No podía decirle sin más a mi abuelo que le regalaba una prostituta. Sería una empleada de hogar e iría un fin de semana al mes para prepararle comidas, limpiar un poco y ayudarlo a vaciar el polvoriento granero y transformarlo en un apartamento de alquiler. Yo le pagaría los viajes y los ciento cincuenta euros diarios que pedía y que yo recuperaría cuando el estudio estuviera alquilado. Si el yayo aceptaba los avances de Lola, cada contacto sexual subiría cincuenta euros. Yo rezaba ya para que la potencia viril del yayo no le permitiera hacer el amor más de una vez a la semana; de lo contrario, mi cuenta corriente se resentiría. Acompañaría a Lola el fin de semana siguiente, para hacer las presentaciones de rigor.

La timidez ruborizó al yayo cuando abrió la puerta y se vio ante la despampanante Lola. Yo observaba los movimientos de esta como si asistiera a un espectáculo y su transformación fue una auténtica sorpresa. Era amable, solo empleaba palabras selectas y adornaba con fluidez el armazón de la historia que habíamos inventado. En la casa empezó a cuajar una bonita complicidad entre el yayo y su puta personal. Sus ojos acariciaban cuando ella los posaba en él. La magia surtió efecto antes incluso de que Lola utilizara su hechizo más eficaz. Y guardaba más de uno en su bolso de plástico con estampado de leopardo. Nos lo quiso demostrar aquella misma noche poniéndose un delantal y yendo a los fogones.

—¿Tiene usted rosales, querido André? Quiero decir naturales, sin ningún tratamiento.

Sin saberlo, Lola acababa de pulsar una de las cuerdas más orgullosas del abuelo: su soberbio jardín botánico ecológico.

—Claro que sí. ¿Qué necesita? Tengo albahaca, ajedrea, tomillo, perejil...

—No, solo necesito unos veinte pétalos de rosa. A ser posible, rojos.

Minutos más tarde se disolvían, ante los ojos y en las papilas atónitas del yayo, unas codornices con pétalos de rosa. Lola disfrutó viéndonos degustar el resultado de su química culinaria y yo los dejé cuando llegó la hora privilegiada de la manzanilla. Para el yayo, tomar la infusión al pie de la higuera que perfumaba la noche en ciernes era el inicio de los sueños agradables, el momento de las confidencias al oído. Habría vendido a mi propia madre por asistir a hurtadillas a su primer mano a mano, pero tuve que resignarme a esperar la llegada de la mañana siguiente para saber más. Para conocer la cantidad por la que debería extender el cheque, claro.

Llegué a la casa a la una de la tarde, pensando que los encontraría almorzando.

—¿Yayo? ¿Lola? ¡Soy yo!

Se me ocurrió entonces que a lo mejor llegaba en un momento inoportuno e iba ya a hacer mutis por el foro, cuando vi fuera, agitándose en la brisa, los volantes del vestido de Lola. Estaba tendiendo la colada, el yayo inflaba los neumáticos de la bicicleta y los rayos del sol atravesaban las ramas de la higuera, poniendo pinceladas de luz en sus caras. Abracé a mi abuelo y me dirigía alegremente hacia Lola, cuando vi que tenía arañazos en las piernas.

—¿Qué te ha pasado, Lola?

—Un accidente mientras buscábamos espárragos, querida... Si supieras las horas que André y yo hemos vivido...

Lo único que me interesaba era el contenido picante de la noche, pero no tuve más remedio que callar y escuchar. Me contaron el bucólico paseo que habían dado por el monte Alaric y el yayo describió con gestos la acrobacia, digna de Rémy Julienne, que había ejecutado Lola. Acabé por enterarme de que el yayo había invitado a Lola a probar su vino, de que habían pasado la noche bebiendo y hablando antes de salir a buscar espárragos (deporte favorito del yayo), ya bastante borrachos, de madrugada.

La historia no cuenta cómo celebraron aquella noche su primera cosecha juntos. Cuando me fui de la casa, el alborozo saltarín había cedido el paso al suave ronroneo de la vida. Lola le leía al yayo en voz alta y él recogía cada palabra con la punta de los dedos como si fuera una miga de pan, algo que solo continúan haciendo los que han conocido la guerra y no malgastan nada. Al salir encontré una nota en mi bolso:

«Te cobraré las dos primeras semanas al precio de una. Si me voy ahora, no conseguiré acostumbrarme. Pero te advierto que es una excepción. Cambia mi billete de tren, niña, que de tu abuelo ya me encargo yo. Lola».

El último día de mi visita me invitaron a almorzar. Cuando el yayo me abrió la puerta, me costó reconocerlo. Había rejuvenecido diez años. Olía a la colonia barata que no se ponía desde la muerte de la *Abuela.* Lola había abandonado su disfraz de criada de los años ochenta y había recuperado el estilo prostibulario que tan bien le sentaba. Yo estaba ojo avizor, al acecho de cualquier mirada o gesto amoroso, pero comprendí enseguida que era demasiado tarde. Lola y el yayo estaban unidos ya por una auténtica intimidad. Jugaban con su complicidad, unas veces de padre-hija, otras de nodriza-niño, otras simplemente de hombre-mujer, como deseosos de enriquecerse mutuamente. Ante una felicidad tan serena, mi curiosidad se detuvo y cedió el paso a la alegría y el alivio. Había estado impaciente por ver la factura, por miedo a que fuera muy elevada y por morbosidad, pero en aquellos momentos solo me sentía incómoda por la posibilidad de ser una intromisión en la vida privada de la pareja.

Y llegó el momento de que Lola volviera con sus compañeras de trabajo. Me había quedado sin un céntimo, no podía pagarle más, y le debía una cantidad tan apreciable como sus artes para seducir al yayo. Mis maniobras habían dado un resultado excelente, aunque me habían hecho caer en mis propias redes. Estaban unidos como el velcro. Había disuelto la soledad del yayo, que me pesaba tanto como a él, y el yayo estaba loco por una mujer que también lo quería. Daba gracias al destino por haber puesto a Lola en nuestro camino, porque había devuelto la sonrisa al yayo, y me odiaba por verme obligada a llevármela.

Iba a pasar de alcahueta a rompecorazones, pero el estado de mi economía no me dejaba otra alternativa. Abatida, decidí poner manos a la obra. Por fin entendía el famoso «torturador sentimental» de la canción de Boby Lapointe.

—Lola, el granero ya está adecentado... No quiero que trabajes gratis, has hecho ya tanto, pero a pesar de tus generosos precios, he contraído deudas y tú no puedes quedarte en Marseillette indefinidamente...

Ya volverás algún fin de semana, dentro de un par de meses, cuando me recupere.

—Ya me lo esperaba, pero ¿sabes?, hace mucho que le vengo dando vueltas. No quiero irme, no quiero dejar a André. Me necesita y yo necesito un trabajo de verdad. He pensado en todo. A cambio de alojamiento y comida me ocuparé de él y de la casa. Para los gastos cotidianos, he visto que en la panadería buscan ayudantes para un tercio de jornada. Voy a contárselo todo a tu abuelo, ya es hora de que conozca la verdad. Confío en él, seguro que me perdonará... Bueno, ya veremos.

—¡Eh, eh, eh! Para el carro, bonita. ¿Quieres que el yayo me arranque el cuero cabelludo? Eres tú quien me pide un favor y no vas a dejarme plantada así como así...

—Increíble. Tan joven y con tanto oficio... Muchos torrentes de injusticias y amor deben bañar tu sangre ardiente para reunir toda esa fuerza con la que quieres desbaratar el destino. En todo caso, bravo. Por mí, trato cerrado, niña. Lárgate ya, tu hija te espera, impaciente, seguro. En fin, si es como su madre...

Cuando me fui, miré por última vez el lugar donde estaban Lola y el yayo. Él tiene una última oportunidad para ser con ella el hombre que no llegó a ser con mi abuela. Espero que lo consiga. Tronchate de risa en las alturas, *Abuela,* porque he acabado siendo tan benevolente y manipuladora como tú.

Introduje en la cómoda mi encuentro con Lola. Y un fragmento de vida que habíamos resucitado juntas. Por la *Abuela.* Por Nina. Por el resto de la tribu. Por aquellos a quienes el secreto corroe. Por aquellos para quienes el movimiento es el único anclaje. Por aquellos que han perdido el alma y la identidad en el viaje. Por aquellos que no saben lo que es vivir una vida que no es la suya. Por aquellos que lo saben demasiado bien.

Porque yo sé que levantarse sobre una historia tan llena de heridas como de alegrías, de pruebas superadas como de milagros recibidos, es una suerte.

Y porque una cómoda bien conservada y bien llena vuelve increíblemente fértil la imaginación de los niños.

Agradecimientos

A mi hada buena, Olivia de Dieuleveult.

Índice

Esta primera edición de *El color de tus recuerdos,*
de Olivia Ruiz, se terminó de imprimir en
Grafica Veneta S.p.A. di Trebaseleghe (PD) de Italia
en septiembre de 2022. Para la composición del texto
se ha utilizado la tipografía Celeste diseñada
por Chris Burke en 1994 para la fundición FontFont.

Duomo ediciones es una empresa comprometida
con el medio ambiente. El papel utilizado para
la impresión de este libro procede de bosques
gestionados sosteniblemente.

PEFC/18-31-226

Este libro está impreso con el sol. La energía que ha hecho posible
su impresión procede exclusivamente de paneles solares.
Grafica Veneta es la primera imprenta en
el mundo que no utiliza carbón.